クロウレン家の次男坊《じなんぼう》

SECOND SON OF THE CLOUREN FAMILY

著 島田征一

イラスト ゆのひと

SHIMADA

OHITO

TOブックス

CONTENTS

illustration / ゆのひと
book design / 5GAS DESIGN STUDIO

SECOND SON
OF THE
CLOUREN FAMILY

PRESENTED BY SEIICHI SHIMADA
ILLUSTRATION BY YUNOHITO

旅立ちを前に

己の身分を省みる——貴族とは何者であろうか。

この国の法で言えば、一万以上の領民を統《す》べる者か、或《ある》いは年間一億ベルの税金を国に納める者、ということになる。親父は両方の条件を満たして子爵になった。

俺で二代目。なので、我が家は別に由緒も歴史もない。周りからは良く見られていない、言ってしまえば単なる成り上がりだ。ただ、人を統べることを生業《なりわい》とする家に生まれた以上、俺にも何かやるべきことがあるのではないかと、漠然と考えながら生きてきた。

身分というものに自覚的ではなかった、と言うべきだろう。

最終的に、腕っぷしだけで頭が残念な奴に領主は任せられないということで、跡目は姉が継ぐことになった。まあ途中から、長男とはいえ俺が後継者になるのは拙《まず》いな、という気配は感じていたので、それは別に良い。

領地の守備隊長という、丁度良い立場に収まったこともあって、俺には何も不満は無かった。

——では弟は？　アイツはどうなんだろうか。

弟は庭先で、どこかぼんやりとした眼差しを遠くに向けている。何もしていないように見えるが、静かに練り上げられた魔力は足元で渦《うず》を巻いている。姉には及ばないにせよ、魔術師としての素養は優れているように俺には見える。ただ、それをひけらかす真似をアイツはしなかった。その能力を示せば、家が割れると知っていたのだろう。

思い返せば、アイツは全く領主の地位を望んでいなかった。七歳の誕生日のとき、自分は跡目争いに加わらずいずれ家を出ると宣言し、書面にして家族全員に配ったほどだ。

だからこそ不思議に思う。

俺ですら多少の貴族意識を持っている。親父の仕事を見て育ったし、何だかんだ俺もそうして生きるのだろうとも想像してきた。

だが、弟はかつて領主になりたいかを問われたとき、

『貴族として生きようという意思には敬意を表します。ただ、僕に他人の命を背負うのは無理です。やりたくありません』

と言ったのだ。

その精神性は何処から来たのだろうか。

同じ家で貴族として生きてきたのに、どうしてそういう考えを持てたのだろうか。

解らない。解らないまま、弟が家を出る日が決まった。

◇

さあて、ここまで長かった。

異世界に生まれて残り七日で十五歳、ついに成人を迎えて俺も家を出られる訳だ。少し浮かれている自分を自覚しながら、荷造りの作業を進める。

あまりに自由の無い生活が続いていたからか、先のことを考えるだけで口元がにやけてしまう。父や姉の生き様には頭が下がるが、それを俺にまで求められても困るというものだ。

領民の生活を守り、育《はぐく》んでいく。魔物や盗賊に襲われることも多いこの世界で、それは非常に重要な仕事だ。

だが、魔術なら姉が、武術なら兄が世界で十指に入るという過剰な戦力を持つこの地で、俺に何をしろと言うのか。貴族としての責務もあり必死で鍛えはしたが、俺にはそこまでの才能が無かった。

「自己確認」

フェリス・クロゥレン

武術強度：５２８５
魔術強度：７８４２
異能：「観察」「集中」「健康」
称号：「クロゥレン子爵家」「魔核職人」「技巧派」

恐らく、同世代よりは高い数値だ。クロゥレン家の守備隊に加入するための、武術か魔術単独の強度が４０００を超えている、という条件は満たしている。ただ、去年時点での姉や兄の単独強度が９０００超えだったことを思えば、家臣達には物足りないものに見えるだろう。

まあ、我ながらよくやった方だ。誰にも評価はされずとも、自分なりに頑張った。これからは一人旅をするのだし、今までの鍛錬は決して無駄にはならない筈《はず》だ。

「後の問題は一つかあ」

モノ作りをしたい、跡目争いに巻き込まれたくない、だから家を出る。

そこまでは計画通りとして、家を出たいなら一人で生きられる力を示すことが、貴族社会での決まりらしい。勝負は三日後と伝えられはしたものの、誰が相手になるのかはまだ知らされていない。

勝負のことを一度意識してしまうと、不安で胸が疼《うず》く。

姉や兄が出てきたらどうするか、それだけを考えてしまう。

時間稼ぐくらいならどうにかなっても、まともに勝負出来る相手ではない。十回やって最高に運が良ければ三回勝てる、という程度の実力差だろう。

力を示すことが必要なのであって、勝つことは必須ではないにしろ、どうせなら五体満足で出発したい。

うちは貴族として浅いのだから、そんな決まりなんて無視すれば良いのにと心底思う。

「……どうすっかねえ」

魔術も武術も、もっと言えば道具の使用も無制限だとは聞いている。素の俺で立ち向かうには無理があるのなら、道具に頼るべきだ。かといってあの二人に有効な道具を今から用意するのは難しい。

というか、有効な道具って何だ？

場所は守備隊の訓練場で、二人が相手だった場合を想定してみる。

ミル姉《ねえ》が相手だとすると――開始と同時に火属性魔術が飛んできて視界を奪われ、防御魔術を組み終えた辺りで二発目が来て、それに対処していると三発目が来て、後は削られて終わりだろうか。防ぐだけならしばらくは防いでいられるが、勘で避けた方向が合っていた、という偶然でもなければ攻めには回れない。回れたとしても、姉の防御を崩せるかはまた別問題だ。

ではジィト兄《にい》ならば——開始と同時に一気に間合いを詰められ、必死になって剣を何回か受けた辺りで処理しきれなくなり、そのまま真っ二つが一番有り得るだろう。ただ、接近されるまでに何らかの魔術が間に合えば、少しは勝負になる可能性がある。

誰にも見せていない切り札はある。実行すれば可能性が少しは増えるが、あれは一種の搦手《からめて》だ。周囲に好まれるものではないので、あまり見せたくはない。

難しい。

頭を捻っていると、部屋の扉が不意に叩かれた。

「おーいフェリス、いるか？」

「ん？　いるよ、どうぞ？」

ジィト兄の声だ。何かあったろうか。

俺の招きに応じて、ジィト兄とミル姉、そして魔術隊のグラガス隊長の三人が部屋に入ってきた。三人とも微妙に困った表情をしている。

「どうかした？」

「いやあ、ちょっとこれを見てほしいんだけど」

ジィト兄はグラガス隊長から短刀を受け取り、俺に手渡した。グラガス隊長が魔物の剥ぎ取り用の刃物が欲しいと希望したので、俺がかつて作ったものだ。

何か不具合でもあったろうかと確かめてみると、持ち手はさておき、刀身が奇妙な形に肥大していた。

「……なんだコレ？　もしかして、追加で魔力込めた？」

「その通り。で、こうなった」

ジィト兄の返答に、ミル姉が顔を背ける。その様子を見て、慌てたようにグラガス隊長が声を上げる。

「元々は、俺の扱いが悪かった所為《せい》なのです。骨にぶつけて刃が欠けたのを、ミルカ様は直すと言ってくださいまして」

「ああ、それでか。元が魔核だから、確かに魔力を込めれば直せないことはないよ」

「そうなのですか？」

「うん。魔核は込めた魔力量に応じて、形や硬さを変えられるからね。やったことそのものは間違いじゃない」

ただ、なんだってそうだが、素人が本職の仕事を適当に真似しても巧くはいかない。ミル姉は魔力量が多いので刃毀《はこぼ》れは簡単に直せたろうが、刃物としての体裁を整える能力が無かったのだ。

俺は魔力を流して短刀の形を整え、砥石で軽く研磨し、刃物として蘇らせてやった。結構前に作ったものなので、出来が気に入らない部分もついでにこっそり直す。

試しに机の上に置いてあった紙を刃に添えて引くと、特に引っ掛かりを感じることもなく綺麗に切れた。

「こんなもんかな？　ひとまずこれでどうぞ」

「おお、素晴らしいものですな」

「器用ねぇ」

いや、器用ねぇというか、単にミル姉が不器用なのでは。

そうも言えないので、曖昧に濁す。

「まあ、問題があったら専門の職人に任せたほうがいいと思うよ」

「任せようにも出ていくんでしょ、専門家」

「それはそうだけど、俺以外にも魔核職人はいるだろ」

「領内に貴方を含めて四人しかいないんだけど……」

そんなに少なかっただろうか？　魔核の加工はある程度の魔力量が無いとやれないが、それなりに需要のある仕事でもある。領民の人数からしても、もっといて良い筈なのだが。

まあ、いないものは仕方が無いか。人がいないなら、定期的に俺が見るしかあるまい。

「問題があったら呼んでくれりゃいいよ。俺は確かに家を出るつもりだけど、いずれは領に戻るだろうし」

「そうなの？」

「そうだよ。工房はこっちで構える気でいるしね」

俺はそこまで家を嫌っているつもりはないというか、別に家族間の関係が悪いと思っていない。外で姉兄と絡まないのは、派閥争いでいがみ合っている、一部の家臣が煩わしいからだ。

だから、二度と帰って来ないなんてことは思わない。

俺の考えが初めて解ったのか、三人は何処かしら気の抜けた表情を見せた。

「なんだ、普通に帰ってくるつもりだったのか。俺はてっきり家のことが嫌だったんだと思ってた」

「貴族社会に向いてないとは思ってるけどね。まあ、それを言ったらこの中でどうにか貴族をやれそうなのは、ミル姉だけじゃない？」

「そうね。二人がもうちょっとしっかりしてれば、私が領主になる必要はなかったわね」

仰る通り。俺とジィト兄は揃って目を逸らす。

ミル姉はきっと、ジィト兄を領主として据え、自分がその補佐をする予定だったのだろう。だが、ジィト兄が予想を超える考え無しで、俺も貴族に興味無しという現実を前にして、対応を変更せざるを得なくなった。女領主は余所《よそ》から舐められるということを知っていてもなお、自分が立ち上がるしか無かったのだ。

損な役割を押し付けた自覚はある。その分、なるべく出来ることは協力するつもりはあった。

「まあ、俺ももうちょい腕を磨いたら、お抱え職人でも目指すから」

「五年あげるから、上級取りなさいよ」

「フェリス様ならやれるかもしれませんな」

「無茶を言う……」

確かに、職人として活動を始めて六年で、十階位中の五階位までは行けた。進捗としては悪くない。

ただそれは、生まれる前からの蓄積があり、筆記試験をこなせたからの話だ。上級である七階位以上を目指すなら、組合最高難度の試験を突破しなければならない。そのためには、当たり前ながら実技を磨く必要がある。俺の腕前はまだまだだと自覚があるし、師匠からも、手は早いが雑だという苦言を受けている。

気軽にやれるとは言えない。

経験も技術も不足している。

自分や周囲で使うものを自分で作るということは今までもしてきたが、それはほぼ金の絡まない仕事を続けている、ということの裏返しでもある。上級は顧客に揉まれてきた職人達の世界なので、そう軽々《けいけい》に踏み込めるものだとは思えなかった。

「上級ねえ。いずれは目指したいけどね」

机の引き出しから手をつけていない魔核を取り出し、針を作る。それなりに頑丈で、形だけのものならすぐ出来る。

それだけ。

かつて目にした師匠の作品を思い出す。師匠の作るものはなんであれ、とにかく美しかった。ただ使えるだけの俺のものとは大違いだ。

「お見事ですな」

「見事なもんか。師匠なら針に装飾までこなすだろうな」

「領内最上位の職人が比較対象なのね。向上心があるなら、外に出るのも許そうって気にはなるわ」

「ん？　随分と俺を買うね」

俺の言葉に、三人がまた気の抜けた顔をする。ジィト兄はどこか呆れたように口を開いた。

「職人としては中堅だろ？　守備隊とやりあえる腕前もあるし、心配なのはお前のやる気だけだったんだよ」

肩を竦《すく》めて返す。

守備隊の頂点から評価されるのは嬉しいものだが、俺は結局職人であって、守備隊の人員ではない。たまに訓練に参加するだけのお客様だ。

「まあ、やる気があるなら良いが。……さて、では守備隊長としての伝言だ」

「む」

いきなりジィト兄が真面目な雰囲気になったので、俺も居住まいを正す。

「三日後の話だ。武術隊第四位、サセット・シルガがお前の相手を希望している。お前に余程の問題がなければ、彼女が対戦相手となる」

心臓が跳ねる。

まず、姉兄が相手でなかったことに対する喜び。そして、サセットが知らない相手ではないという喜び。

訓練で勝ったことはないが、俺より一枚上手といった腕前で、練習には非常に丁度良い人間だった。まあ仲はどちらかと言えば悪かったし、最後に現実を突きつけてやりたいだ

とか、そういった意図なのだろう。

敵の思惑はさておき、良い流れだ。

「フェリス。その口元をどうにかしなさい」

「ん？」

「笑いが隠しきれてないわ」

口元を思わず手で隠す。俺は笑っているのだろうか。

ただ、そう告げたミル姉の唇もまた、どうしようもなく吊り上がっていた。

突貫

フェリスのことをどう評価すべきか、未だに私は解らない。

家臣達は、器用ではあるが突き抜けたもののない人間である、腑抜けだ、と見ているようだ。

それは弟の実態を知らないからだ、ということは解っている。フェリスは他人に成果を見せないし、何を言われても、呆れはすれど怒りはしない。

普通の貴族であれば、平民から侮辱されればそれなりの対応を取るものだが、そうした手合いに何かをすることは今まで無かったように思う。怒るだけの意味がある言葉だと捉えていないのかもしれない。

そういう意味で、腑抜けだと称されるのは解らなくはない。

ただ、他人を粗雑に扱う訳でもないし、親しい人間には報いてくれる人間であるのに、何故フェリスはああも侮《あなど》られているのだろう。

守備隊の兵士達は、国内のどこに出しても恥ずかしくない力量を持ち合わせている。そしてフェリスは、成人前でありながら守備隊の訓練に参加出来る力量を持っている。

何年も現役で戦っている兵士と、成人前の少年が、対等の場に立っている。これだけでも充分評価に値するのではないか。

貴族としての責を果たさないフェリスを、上に立つ者として相応しくないと誹《そし》ることは仕方が無いと私も思う。

だが、武人としてのフェリスが侮られる理由はなんだろうか。

私やジィトに及ばないから？

そんなことを言い出したら、世界中のほぼ全ての人間が及ばない。なのに、誰もが自分のことを棚上げして、フェリスを貶《おとし》めようとする。

私は知っている。

フェリスは訓練で、魔術を殆《ほとん》ど使っていない。己の身を刃圏に晒しながら、自己強化すら使っていない。個人練習であれだけの魔力を練っているのに、それを発散することも無く、静かに抑え込んで武器を振るっている。

本気を出さないというより、訓練はあくまで訓練でしかない、ということなのだろう。

フェリスは私たちを天才だと称賛する。そして、己は無才だと自嘲して見せる。

そんな言葉に、周囲が賛同してしまっている。

全く何も解っていない。

私からすれば、あれは無才ではなく異才だ。

◇

さて、やってきました決戦当日です、と。

特に緊張感は無い。こう言ってはなんだが、相手が姉兄でも隊長達でもない時点で、俺の中では消化試合である。

グラガス隊長とミッツィ隊長はこちらを見縊《みくび》らないので、出来ることなら避けたかった。

だが、それ以下の連中はこちらを弱いと思い込んでいるようなので、対処には困らないだろう。

振り返ってみれば、長い道のりだった。

本来ならもっと早くに家を出奔《しゅっぽん》していた筈が、思いのほか家族が優しかったので、それに甘えてしまった。貴族という立場を抜け出し、自由に世界を回れる状況を整えることは、俺にとって必須だったのに。

「……けどまあ、何とかなりそうか」

生まれる前の遣り取りを思い返す。転生する際に上位存在から受けた依頼は、この家においては達成出来ない。

依頼の内容は、二十歳までに特定の場所へ赴《おもむ》いて託宣を受けることだった。受けた託宣をどうするかは自由だが、受けること自体は必須、というあたりが少し変わっている。

貴族は好き勝手に領地を出られないので、俺はどうにかして身分を捨てる必要があった。

貴族籍から抜けずに、家を出られる状態になったことは幸いだったと言える。

条件は整った。

さあ、だから後は、

「勝つだけだ」

独りごちる。大きく息を吸い込み、吐き出す。

古びた木の扉を押し開き、守備隊の訓練場へと足を踏み入れた。

そこには父母、姉兄、そして武術隊と魔術隊の十位以上が揃って俺を待ち構えている。

「来たか、フェリス」

「はい」

父は神経質そうに、指で己の腕を叩いている。領主の座を譲って久しいのに、まだ気苦労が多いらしい。一方、母は何も言わず、俺を見て微笑んでいた。

「決心は変わらないのだな？」

「はい。私はこの家を出て、職人としての道を歩みたいと思います」

「そうか。……親としてそれを止めることはしないが、法は法だ。決まりに従って、その力を示してもらおう」

頷いて、訓練場の中央へと向かう。対戦者であるサセットも、中央へと進み出る。そしてミル姉が俺達の間に入り込み、高らかに宣言する。

「では領主として、出立の儀を進めます。武術・魔術・道具、全ての使用を認めます。勝負は死亡、降参、或いは我々の裁定で判断されます。フェリス・クロゥレンは独力で歩む者として、その力を示してください。サセット・シルガは磨き続けた兵としての力を、存分に発揮してください」

「失礼、裁定というのは？」
そんな話はあったろうか？　試合前にいきなり知らない条項を増やされても困る。
「たとえばどちらかが気絶したような場合、降参の声は上がりませんが勝負は決していま
す。様々な可能性があるでしょうが、見ている我々が何かしらの裁定を下すことがある、
ということです」
……なんだ？　何か目論見があるようだが、読めない。
ミル姉やジィト兄が不公平な裁定を下すことはないだろうが、周りの隊員は何を言い出
すか解らない。誰にでも明らかな勝ち方をしなければならない、か？
話が単純ではなくなってきた。俺の困惑が見て取れたのか、ミル姉は俺にだけ聞こえる
声で、こっそりと呟く。
「たまには本気を出しなさい」
「む……」
本気、か。
出してもいいが、それに足るだけの相手であってくれるだろうか？
頭の中に、幾つかの勝ち筋を浮かべる。先程の姉の言葉――独力で歩むための力を示し
てください。

ならば、これか。

俺はサセットから少し距離を取り、佩《は》いていた長剣を投げ捨てた。どう受け取ったのか、彼女の眼が怒りで吊り上がる。

内心で苦笑しつつ、鞄から普段山歩きで使っている鉈《なた》と短い棒を取り出した。七歳で魔核職人を目指したときから、一日も欠かさず魔力を流し込み、鍛え続けてきた相棒達。

職人としての本気を、両手に構える。俺を見たジィト兄の表情が何故か輝く。

「こちらの準備は終わりました。いつでも構いません」

「……私など、剣を使うまでもないと？」

「いいえ？　剣では勝てないというだけですが」

普段の訓練では長剣を使っているものの、得意だなどとは一度も言ったことはない。貴族文化において必須とされるにも関わらず、長剣の扱いが苦手だったからこそ、練習していただけの話だ。

サセットがどれだけ勘違いして歯軋《ぎし》りしようが、俺にとっての主武器は鉈と棒。むしろ彼女を評価すればこそ、苦手な武器には頼れない。

いざという時には、やはり使い慣れた武器が良い。

「馬鹿にされたものですね」

小さな呟きが流れ、相手の視線に怨嗟が籠る。俺はそれを鼻で笑う。

「この状況で出てくる言葉がそれなら、馬鹿にされて当然でしょう」

挑発はしても油断はしない。武術においてはサセットは格上だ。その前提は間違えない。

ただ、それはそれとして――人の傑作に対してのその物言いは、はっきりと癇に障る。

見る目が無い、そしてその自覚も無いと公言している奴のことを馬鹿にして何が悪いのか。

溜め込み続けていた鬱憤《うっぷん》が、胸の奥からせり上がってくる。姉兄に迷惑をかけないように、なるべく自分を主張せず生きてきた。馬鹿にされるのは、ある程度承知の上でやってきたことだ。だが、苛々する時だってある。

今日は全力でやってもいいんだよな？

視線でミル姉を促す。ミル姉はそれに応え、俺たちから距離を置くと、高らかに右手をかざした。

「名乗りを」

「――武術隊第四位、『突貫』サセット・シルガ」

「――クロゥレン子爵家、『魔核職人』フェリス・クロゥレン」

「始め！」

右手が振り下ろされる。

開始と同時に俺は半身で構え、サセットは全力で前に出る。二つ名に相応しい動きだ。

だが、それは何の変哲もない、いつも通りの彼女の開幕でしかない。

こちらの喉へ襲い来る突きを避け、空いた脇腹に膝を捻じ込んだ。肋骨が圧《へ》し折れる感触が伝わって来る。

「ぐぶっ」

濁《にご》った呻《うめ》きを漏らしながら、サセットが姿勢を崩す。斜めに泳いだ体、それを支えようとする軸足を更に棒で打ち据えた。脛《すね》当てに阻まれ、こちらは骨折に至らない。

相手が倒れ込もうとする瞬間、視線が絡んだ。

見開かれた瞳に力がある。まだ反撃がある。

「……アァッ！」

後ろへ跳ぶと同時、下から振り抜かれた長剣が俺の前髪を掠めて行った。

今のは危なかった。

サセットがあまりに見慣れた行動を取ったため、普通に対応してしまったが……やはり接近を許すべきではない。迂闊な距離は負けに繋がる。

ふらつきながらも、サセットは長剣を地に刺して立ち上がった。食い縛った唇の端から、唾液の混じった血が流れている。

「ふぅ……ふぅ……ッ」

地に刺していた長剣を肩へ担ぎ、サセットは身を沈める。武器を構えての前傾姿勢――肉食獣の前に立つ気分だ。

右脇腹と左脛を痛めつけてやった分、動きは遅くなるだろう。徐々に削るか。

状況は力試しと言うより、殺し合いになりつつある。ただ、領内の人手を減らす訳にもいかないため、俺はある程度の加減を要求される。

鉈を逆手に構え、棒を相手に向ける。

サセットの呼吸が整い、撓《たわ》んだ両脚が力を解放する。再びの突進は予想通り鈍《にぶ》っているが、その分姿勢を制御出来ていた。

次手は突きではなく、勢いのある振り下ろし。

痛みの所為か動作が大きい。これは取れる。

呼吸を止め、『観察』と『集中』へと魔力を回す。振り下ろされる刃ではなく、持ち手を狙って棒を突き入れた。左手の小指を潰され、サセットの攻撃がぶれる。

互いの距離が近づく。

俺は相手の顔を目掛けて、見かけだけで弱めの火球を放つ。痛む体を翻しながら、サセットはそれを切り払った。舞い散った火の粉が彼女の視界を塞ぐ。

これで詰みだ。

口中に仕込んでおいた魔核を針に変える。出来た隙を利用して、俺は針を相手の太腿目掛けて吹き付けた。

「ぎ、ぃ！」

うん、刺さったな。これで相手の機動力は死んだだろう。

俺はすぐさまサセットから距離を取り、魔力を溜め始める。後は遠距離で好きに料理するだけだ。

出血を止められないまま、サセットは武器を構えて俺を睨み付けている。ただ、打てる手が無いことくらいは自分でも解っているだろう。

「良い根性だ」

溜めた魔力を岩弾にし、相手の胴体に意識を向けると——

「待て、勝負あり！」

そこで、ジィト兄の制止がかかった。数秒の間を置いて、サセットは呻きを上げ膝から崩れ落ちる。

武器は離していないものの……反撃は無い、な。

収束させていた魔力を体内に戻す。サセットが弱いとは言わないが、やはり本気には程遠い結果になったか。

元より、出立の際に守備隊と揉めることも想定していたため、日頃から対応策を練ってはいた。俺は相手を熟知していて、相手は俺をよく知らない。今回はそれが巧く嵌《はま》った形だろう。

呼吸を整えて、居並ぶ面々を見やる。大半が渋い顔を、大半が驚いた顔をしていた。ジィト兄が楽し気に笑って俺に近づいてくる。

「いやはや、素晴らしいな。サセットを完封か」

「見た目以上にギリギリだよ。俺とサセットに大きな差は無い」

「そうかもしれん。ただ、今回はお前が勝ったんだ。……折角だし、鉈の取り回しを見てみたかったが」

取り回しも何も、鉈なんて力任せに叩きつけるだけだ。別に技量というほどのものは無い。ただ、鉈を使っていたら、サセットを殺してしまっていた気はする。結果的には使わずに済んで正解だったのかもしれない。

言葉を飲み込んで、気を取り直す。

「まあ取り敢えず、これが俺の力量だよ。不足はあるかな？」

「俺には無いが、他の連中には不満がありそうだぞ」

「それが？」

法と感情は違うものである以上、不満が出ることそのものは否定しない。ただ、決められた次第に則って勝敗を決したのだ、それに不満を唱えることは法を我欲で覆すことを意味する。

味方が減らなかったことを、ありがたく思ってほしいくらいだ。

訓練場に響くよう、腹に力を込めて声を張る。

「参加されている方々にお聞きします。この勝負に何か異議はございますか？」

「……いえ、お見事でした」

一番文句のありそうな魔術隊の第六位が、絞り出すように言う。

向かって来る勇気も無い癖に、態度を隠すこともしない。あの男はこうも見苦しかったろうか。

まあ今後、絡むことの無いであろう人間だ。ひとまず無視して続ける。

「他の方はどうです？」

問いかけてやると、各々が各々の顔色を窺いだす。今まで俺に対してあれこれ言って来た連中が、急に言葉を選ぼうとしている様は酷く滑稽《こっけい》だった。程度の低さに、苛立ちより先に呆れがやってくる。

話にならん。

「守備隊長は異議無しだそうですが、武術隊・魔術隊の両隊長はいかがですか」

「俺は元よりこんなことをせずとも、フェリス様の出立に不満はありません」

グラガス隊長は俺の力量をある程度知っているので、そう答えるか。

「では、ミッツィ隊長は？」

「不満は無い。でも、そうだね……部下があんなに可愛がられたんだから、私も相手をしてほしいねェ」

短鎗《たんそう》とともに、ミッツィ隊長が舞台へと躍り出る。

断られるとは微塵も思っていないらしい。

「……良いでしょう」

やれるものならやってみろ、そう思って挑発したのは俺だ。

それに応じて、ちゃんと自分で意思表示をしてくれたのだから、相手をするに足るだろう。

王国の至宝

俺個人の直感でしかないが、何となく、フェリスはやれる人間なのだろうなと思ってはいた。

フェリスが守備隊の訓練で、誰かに勝ったところを見たことはない。ただ、誰を相手にしても、そこそこの勝負は出来ていた。アイツは負けて悔しがる様子も無かったし、自分なりに課題に取り組んでいるという雰囲気だったので、勝てないこと自体は何とも思わなかった。

色々試している人間は、結果を出すまでに時間がかかってしまうものだ。巧く行かずとも、本人なりに充実しているようだったので、ただ漠然と応援していた。大体にして、成人前の人間が本職相手に結果を出そうとしても、簡単に行く筈がない。

焦らず、じっくり形にして行けば良い。

――結局、俺はフェリスを気にかけていただけで、何もしてやれなかったし、解っていなかったということなのだろう。

儀式の本質は、己の安全を確保出来ると証明することにある。あくまで力を示すことが必要なのであって、勝つことは必須ではない。そもそも普段から魔獣を狩っている人間の力なんて、今更証明する必要も無い。

だから、サセットに対し善戦以上に持ち込めたなら、俺は勝負を止めて終わらせるつもりだった。

それがどうだ。

アイツが自前の武器を構えた瞬間、俺は無意識に震えた。得物の出来映えもさることながら、佇《たたず》まいに武人としての研鑽が見て取れたからだ。

考えてみれば、貴族家に生まれた人間は式典に剣を佩いて参加するので、多少は剣を使えなければならない。フェリスが剣を振るっていたのは、ただそれだけの理由だったのだろう。当たり前の素養を持っていないと、本人だけではなく家が恥をかく。

その軛《くびき》から解き放たれたフェリスの動きは、圧巻の一言だった。

サセットを一蹴し、息一つ乱さない姿。そして、ミッツィを前にして変わらない余裕。

その様を見て、心底後悔した。

俺が相手として手を挙げれば良かった、と。

◇

ふむ……ミッツィ隊長か。

相手になると決めはしたものの、やりやすい相手ではない。両隊長は人を侮って、単純に攻めてきたりしない。それに、さっきの俺の動きである程度対策を考えてくるだろう。

鎗の切っ先をこちらへと向けるその表情には、闘志が漲《みなぎ》っている。

完全にやる気のようだが、取り敢えずは。

「やるのは良いとして、まずサセットの治療をお願いします」

戦場に陣取られていると邪魔だ。俺の声に、隊員たちが我に返って彼女を運び出す。

場が整ったことを確認し、ミル姉に向き直る。

「これが最終戦ということでよろしいですか？」

ミル姉が珍しく即答しない。だが、少しの思案をもって、彼女は答えを出す。

「フェリス・クロゥレンの出立に関しての結論は、先程の勝利で出たものとします。勿論、貴方の希望が認められる形です。これ以降の勝負については、どういう結果になったとしても、その結論を翻すものではありません」

うん、それは当然だろう。

「そして、ミッツィ。貴女の意気込みは買いますが、勝負は認めません」

「へえ、どうしてもダメですかね？」

まさかの却下に、ミッツィ隊長が不満げな声を上げる。俺もまさか却下するとは予想していなかったので、正直意外に思う。

だが、ミル姉は続く言葉で俺たちの思考を止めた。

「ええ。貴女の後で消耗したフェリスが相手では、私が本気を出せない。……最終戦は私がやるわ」

……ん？

何か突拍子も無い言葉が聞こえた気がする。領主としての口調が素に戻っているし、言っている意味もちょっと解らない。

唖然として状況を見守っていると、ミル姉はやけに朗らかな笑顔を見せた。

「不満なら、ミッツィ。フェリスの前に私とやる？　それならフェリスも一戦、私も一戦で、帳尻は合うけれど」

これはいかん。

先程の試合の何が琴線に触れたのか解らないが、明らかにミル姉は本気だ。ミッツィ隊長もそれを感じ取ってか、何かを言おうとして止め、を繰り返している。

ミッツィ隊長、迷うな、向かって行け。俺の身の安全は貴女にかかっている。

「……解った、解りましたよ。見学はいいんでしょうねェ？」

「それは勿論」

やはり駄目だった。そして、ミル姉が見たこともないくらい爽やかな顔をしている。

これは反論しても無意味だと悟り、俺は諦めて溜息をつく。

俺が知っているのは領主となる前の、二年前のミル姉だ。それ以降戦う機会は無かったはずだが、それでも鍛錬は続けていたようだし、実力は伸びているだろう。

デグライン王国の至宝、ミルカ・クロゥレン。今、魔術師としては世界で八位だったか？

俺はどんな相手であっても一対一なら逃げられる、ということを基本に鍛錬をしてきた。だが、逃げることを封じられた今、俺の生き残る道はどこにあるのか。

「……俺に余裕は無いからな」

「それがいいのよ。本気のフェリスなんて、これが最後かもしれないんだから」

吹き上がった魔力が頬を打つ。現場に出られないことで、ミル姉も溜まっていたのかもしれない。

「何でそんなに、俺の本気に拘《こだわ》るんだ？」

「うーん……我慢ならないのよ」

「何が？」

問いかけに、ミル姉は唇を吊り上げて笑う。

「色々、かしら。貴方が侮られていることも、それを放置していることも。さっきのを見て解ったわ、貴方はいつだって勝てるのに、勝ってこなかった。何故勝たなかったのかは……まあ、理由があるんだろうけれど」

そうだな。ろくなことにならんだろうから、俺は力を見せなかった。そして、人目があるところでの訓練は全て、苦手分野の克服に費やした。ある程度のことが出来るようになったら、次の出来ないことへ。周囲の人間にとって、やることがたびたび変わる俺は、物事を投げ出す人間に見えていたかもしれない。

結果として、ある程度の技能はやれば伸びると実感出来たし、後悔は特にしていないが。

「買い被りだな。俺は大した人間じゃないよ」

「その言葉はサセットを侮辱しているわよ？」

「俺の自己評価と、サセットの未熟はまた別の問題だな」

肌にまとわりつく、ミル姉の魔力が鬱陶《うっとう》しい。極々弱い風魔術を垂れ流して、意図的にこちらを挑発している。

しかし、冷静さを失って対応出来る相手ではない。呼吸を整えて、姿勢を保つ。

「そう。じゃあ、言葉を変えようかしら。……最近ね、色んなことに腹が立つの。貴方は出来るのにやらないから、周りから侮られている。部下達は現状で満足していて、向上心に欠けているように見える。私は領主になって……現場に出られなくなった」

最後の一件は——俺と、ジィト兄の所為だろう。領主は上から指示する者であって、最前線で魔獣を狩る者ではない。ミル姉は優れた魔術師でありながら、それを発揮する場の大半を失った。

抑えられていた圧力が、どんどん増していく。

「大体ねえ、皆酷いのよ？　私が訓練でちょっとその気になると、領主様に何かあったら大変だから、って相手をしてくれないの。ジィトと本気でやり合うのは禁止されているし。だから、ね？　私は貴方の本気が見たい。それに、私も本気を出したいの」

ミル姉は、どれだけのものを胸に秘めていたのか。俺も含め、周囲が不甲斐なさすぎた。

恐らくこれは、ミル姉の最初で最後の恨み言だ。

ならば、この惨状に付き合うのは、最低限の俺の役目だろう。

大きく息を吸い込む。

さっきと違って、今度こそは全開だ。

「満足出来るか保証はしない。けど、付き合うよ」

「あはっ」

魔術戦がお望みならば、相応しい距離があるだろう。お互い申し合せたように後ろへ跳び、壁に背をつける。

「……ジィト兄、部下を減らしたくないなら、下がらせた方が良い。俺は自分のことで精一杯だ」

「そうだな。全員もっと離れろ！　自分の身は自分で守れよ！」

慌てたように離れていく面々を見送り、ようやく準備が整う。

ジィト兄に目を遣る。一つ頷いて、彼も大きく息を吸った。異能『大声』が起動され、空気が震える。

「この立ち合いの見届け人となる!!　双方名乗れ!!」

「――クロゥレン子爵家領主、『炎魔』ミルカ・クロゥレン！」

何と名乗るべきか、一瞬迷う。

称号に無いものを名乗ることは、決闘の流儀に反する。

だが、それでも。

本気と言うのなら、己を意味するものを、目指すものを掲げるべきだろう。

「――魔核職人、……『自在流』フェリス・クロゥレン！」

誰にも知られていない、俺と師匠だけの流派。

その真価を、見せてやる。

「よくぞ吼《ほ》えた！　来なさい!!」

ミル姉の周囲に、小さな光球が幾つも浮かび上がる。ミル姉の基本戦術は陽術・火術・風術を組み合わせた光弾と熱線、そして爆風。

防げなくはないが、一度守勢に回ればそのまま削り殺される。

「行ってやらぁ！」

強がってはみても、こちらに余裕は無い。

まずは霧を生み出して視界を塞ぎ、全力で横に跳ぶ。一瞬後に、先程まで俺がいたところを光弾の群れが貫いた。

訓練場の壁が砕け、飛び散った破片が頬を裂く。

「当たったら死ぬな」

こんな所で死ぬ訳にはいかない。

地面に穴を掘り中に隠れる。それと同時、水で人形を作り、地上で逃げ回る俺を演出する。

訓練場の壁が崩れる音が何度も響き、隠れている地面が揺れた。霧の中で蠢《うごめ》く影が、ミル姉の攻撃をどうにか引き付けてくれている。

地も水も使えることを、ずっと隠し続けてきた。俺の本当の力量は読めないだろうし、ミル姉はそこを知りたがっている筈だ。探りを入れているからこそ、相手の魔術は散発的になっている。

決着を遅らせたいその心理に付け込む。

顔を出せば撃たれる――ならば、このまま潜んで反撃に出る。地上の気配を探り、無数の石槍を生み出して相手へと飛ばした。

「甘い甘い甘い！」

撃った先から石槍が潰されていることを、魔力の喪失で感じる。こんなことでミル姉が止まらないことは解っているが、少しでも的を散らさなければ話にならない。

地中に道を作りながら、同じ魔術を繰り返す。石槍と人形の同時生成が、地味に魔力を削っていく。

双方決め手に欠けている。とはいえ、相手の守備を貫けない俺と、俺の位置を掴めていないミル姉とでは事情が違う。俺は捕まったら終わりだ。

必死で環境を整える。地面に起伏を作り、身を隠せる場所を増やしていく。単なる延命に過ぎないが、安全を確保しないまま戦えない。

「チッ、鬱陶しい！」

声と共に強風が吹き荒れ、霧が飛ばされる。視界が開け、位置を把握された囮《おとり》が次々と潰されていった。

こちらの準備はまだ終わっていないが、時間稼ぎもそろそろ限界か。まあ、多少は魔力を使ってくれたことだろう。

覚悟を決めて地上へ飛び出す。

「随分と苛々しているな？」

「ええ。でも、それなりに歯応えも感じている、ってところかしら。ここまで保《も》つ人間の方が少ないもの。だから……今のところは悪くない」

そりゃあ、並の人間なら初手の光弾で即死だろう。俺は知っているから対処出来ているだけだ。

彼我《ひが》の距離は最初より近づいている。これならば、鉈は無理でも棒は当たるかもしれない。

鉈を鞘に収め、両手で棒を握り締める。それと同時に陰術を発動し、全身を靄《もや》で覆った。武術に鈍感なミル姉に対し、間合いを誤魔化す意味は無いが……陽術を減衰させる効果はある。死ぬ可能性が少しは減るだろう。

「陰術か。よくここまで、得意属性を隠してきたわね」

「嫌われ者には相応しかろ？」

「確かにあまり好かれる属性ではないけど、単に素養を持つ人間が少ないだけじゃない？使えるものは使って然るべきだと私は思う」

雑談をしつつ、呼吸を整える。ミル姉も承知の上で付き合ってくれるようだ。

その余裕が羨ましい。

「……昔はさあ」

「ん？」

「ミル姉みたいな魔術師になりたいって、思ったこともあるんだよ」

異世界に生まれ落ちて、初めて魅了された魔術はミル姉のものだった。何気無く振るわれた両腕から鋭い光の軌跡が弾け、魔獣の四肢が業炎で縁取られる——あまりに美しい光景だった。

そんなもの、格好良いに決まっている。あっという間に惹きつけられた。

ただ、ミル姉の持つ素養が俺には無いことも、充分理解していた。

「……言ったことなかったけどさ。俺の魔術属性の素養は、ミル姉と真逆なんだ。ミル姉は陽・火・風。俺は陰・水・地だ。憧れはしても、絶対に真似は出来ない」

眩《まばゆ》いと感じる。

近づきたいと願う。

だが、それに俺の手が届くことはない。

「だから、拘るのは止めたんだよ」

かつての世界にあった名言。配られた手札で勝負するしかないのだ。

半身で構え、武器を相手へと突きつけ、異能を全開にする。『観察』と『集中』で相手の挙動を捉え続ける。『健康』で己の負傷を癒し続ける。

格好良くなくても、地味で解り難くても、こなすべきことを粛々とこなしていく。

「俺には人を魅了する力も、圧倒的な強さなんてものも無い。誰が相手であっても、やれることをやるだけだ」

「――いい目ね」

笑い合う。休憩は終わりだ。

牽制がてら水弾を飛ばす。ミル姉の生んだ火壁があっさりとそれを蒸発させ、反撃の熱線が地を舐める。

今度は隠れずに前へ。

水の散弾で火壁を弱めながら、陰術で作った毒を撒き散らす。卑怯だからあまり使われない手口だと、経験不足もあって対応に困るだろう?

「チィッ」

「まだまだ」

陰術の真骨頂であり、嫌われる理由は、あらゆる不調を与えて敵を弱めることにある。

俺が高みに行けないのなら、相手を引きずり下ろすまで。

陽術で相殺される以上に、陰術で毒を生み出し続ける。右へ左へと体をずらしながら、距離を詰めていく。武術強度が低いミル姉は、俺に近づかれたくない筈だ。

しかし、今はまだ詰め過ぎるつもりはない。前進はどちらかと言えば、圧をかけて動きを制御するためのものだ。武器が届かないように見えるこの距離こそが、俺の最も得意な距離。

——魔核は魔力を込めると、形を変えられる。それを操るからこその自在流。

手に持った棒を一気に伸ばす。ミル姉は慌てて横に飛び、頭を狙った一撃を避けた。

「それは悪手」

逃げた方向へと、棒を更に伸ばす。避け切れずに右腕を打たれ、ミル姉が顔を顰《しか》めた。

曲がった棒では大した威力は出ないが、陰術を付与することには成功した。筋力を落とされ、ミル姉の右腕が下がる。

ここだ。解呪の隙を与えず追撃を、

「ぐぬッ⁉」

視界の外からの熱波に、左半身が一瞬焼かれた。先んじて解放していた『健康』が、軽くない火傷をじわじわと修復していく。

「良いわ、とても良い。痛いなんて久し振り」

こんなにも熱気に包まれているのに、背筋に悪寒が走る。艶然《えんぜん》とした笑みで、ミル姉が俺を見詰めている。一発もらってその気になってしまったか。

渦を巻いた炎が、訓練場を埋めていく。

「全員下がれ！　もっとだ！」

ジィト兄の焦った声が響く。想像より深く焼かれたのか、左側の聞こえがおかしい。

それでも、まだ戦える。

「楽しそうだな」

「ええ、とても。これで終わりじゃないわよね？」

「もう少し出し物はあるかな」

「本当にフェリスは素敵」

しんどい。

しんどいが、お褒めの言葉ももらったし、もう少し頑張りますか。

炎の主

歓喜に打ち震えている。

以前から期待はあった。だが、これほどまでとは思っていなかった。

私はずっと考えていた。私がフェリスと同じくらいの年齢の時、フェリスほどの能力を持っていただろうか、と。

フェリスが八歳の時、たまたま教えてもらった彼の総合強度は、同じ年齢だった頃の私を凌《しの》ぐものだった。確かに、魔術や武術単独の強度であれば、私やジィトの数値には及ばない。しかし、特化していると言えば聞こえはいいが、要するに私やジィトは不器用なだけだ。一方で、フェリスは両者を高水準でまとめていた。

素質があれば数値は伸びる。自分の成長が嬉しいから、更にそれを伸ばそうとする。戦闘を選ぶ人間の頭は大体こんなもので、子供なら尚更その傾向は強いだろう。

そんな中で、フェリスは己を無才だ非才だと言いながら、淡々と両者を鍛え続けた。きっと、彼の言う自己評価に偽りはなく、本心でそうだと思ってはいたのだろう。

強制も評価もされていないのに、修練を続けられる。そんなフェリスの精神性は恐ろしくもあり、頼もしくもあった。

周囲がどれだけ誹ろうと、フェリスは自分がやるべきだと思ったことはやり続けた。

だから、そうして得た彼の力が、どれだけのものなのかずっと知りたかった。

この退屈を紛らわしてくれるのではないかと、ずっと期待していた。

結果がこれだ。

笑いが抑えきれない。胸が弾んで、声を上げてしまう。

ああ、右腕が痛む。

楽しい。

フェリス、貴方は素晴らしい。

◇

最初からミル姉が本気だったのなら、もっと簡単に終わっていたのだろう。その心理を読めたからこそ、俺はかろうじて戦えている。

正面からの光弾を、体を揺らして避ける。一拍遅れてやって来る熱線は、全身を傾けて凌ぐ。点と線の攻撃はまだどうにか対処出来る。

だが、俺の行動範囲を潰すように広がる炎の渦、これがよろしくない。

水壁を作って、炎の渦を押し返す。そうすると、更なる渦が迫る。それを潰そうと再び水壁で返す。

戦闘は陣取り合戦の様相を呈してきた。だが、こうなると練度の甘い俺の分は悪い。

「クッソ厄介な……！」

必死で棒の先端から毒霧を撒き散らす。その辺の瓦礫《がれき》にも毒を混ぜ、弾丸として飛ばす。当たれば盤面を引っ繰り返せる。だが、ミル姉は全てを渦で受け止めた。あれは盾でもあり武器でもある。

やはり魔術戦では押し負けるか。

とはいえ、接近戦をしようにも攻めに繋げる隙が無い。『集中』の使い過ぎで脳が悲鳴を上げている。一手間違うとそれが死に繋がる、あまりの緊張感。

噴き出した汗がすぐさま蒸発していく。水術で口を濡らし、干上がらないよう補給を挟む。

考えろ、何が出来る。

空中に水球を打ち上げ、人工的な雨を降らせる。少しでも熱気を抑えろ。相手を自由にさせるな。状況を有利にしろ。

こちらの必死さとは裏腹に、空気が濡れた先から乾いていく。

「どうなってんだアンタは！」

思わず口をついた不満が、悲鳴にしかなっていない。このまま続けても状況は改善するまい。

舌打ちをして、一歩踏み込む。皮膚の表面が炙《あぶ》られ、かさついていくのが解る。恐らくはこの距離が限界。

だが、火に巻かれながら敢えて更に先へ。

「ぐぅあ、あ、あ！」

体の表面を水で覆う。僅かな時間でも耐えられればいい。限界を訴える『健康』に更なる魔力を回し、消し炭になりそうな己の形を保つ。

炎の渦の中へ飛び込んだ。

息が吸えない、視界が赤い、体を内側から焼かれている。

だが解る。この先にいる。

「そこ、だぁ！」

「つぅっ」

ギリギリまで伸ばした棒を横に凪ぐ。噴き出した毒が微かにミル姉に触れる。焼け爛れた瞼では何も見えない、勘で更に追撃。

「うぎィ！」

また当たった。当てた分だけ相手の状態は悪化している筈だ。まだだ、俺の呼吸が続いているうちに、

「調子に乗るなァッ！」

閃光。一瞬意識が途切れ、地に叩きつけられた衝撃ですぐさま目を覚ます。脳が揺れ、吐き気が込み上げた。それでも、『集中』がやるべきことを忘れさせない。改めて全身を水で覆い、『健康』で体の状態を戻していく。

どうやらまだ、俺は生きている。

「滅茶、苦茶だ」

巧く声が出せない。

棒を支えにかろうじて立ち上がる。『健康』がなければ何度死んだだろうか。

何故俺はこんなに頑張っているんだったか。徐々に修復されていく視界の向こうに、右半身の力を失ったミル姉が見えた。

「……洒落に、ならん。何なんだ本当」

いや、最初から解ってはいた。簡単に手が届くような強さの相手ではないことくらい。

だが、体感して初めて理解した。そもそも前を塞いで良い相手ではない。

「貴方もね。ここまでやって生きているなんて信じられない」

「殺すつもりか」

「そのつもりはないけれど……手を抜くつもりもなかったわ」

結果として死んだらそれまで、と。

ミル姉の心情が、なんとなく腑に落ちた。

俺は本気ではあったが、殺す業は使わなかった。万が一を恐れたからだ。けれど、ミル姉はそうではなかった。必要な時に必要な業を使った。これは勝負に対する覚悟の差だろう。

「……まあ、今更か」

もっと凶悪な陰術——たとえば『腐敗』を叩きつければ、ミル姉を殺せる可能性はある。だが、俺は身内に対してそんな術を使えなかった。使う覚悟が出来たとしても、既に体がついていかない。

だから、この状況で切れる手札はもう無い。

ただ、まあ……。

「そっちがまだやる気なら、もうちょっと付き合おうか」

「へえ？　その体で何が出来ると？」

「ははは」

己を嗤《わら》う。

何が出来るだろう。後はもう、可能な限り延命するだけだ。

俺がミル姉に勝る点は、魔力量くらいのものだろう。走り込みで体力が増すように、魔力も使えば使うほど量が増していく。魔核加工で日々鍛えている分、これだけはミル姉を超えている筈だ。

そこを考慮して、相手の根負けを狙う。

今でも限界だと感じているのに、それを引き延ばそうというのだ。反動はきつくなるし、終わってから絶対に後悔する。だが、今やらないよりはマシだ。

これから先、ミル姉の本音を受けられる機会はきっと無い。

「頑張る。頑張ろう」

飛んできた光弾を、石壁で遮る。徐々に罅《ひび》割れていく壁を補修しつつ、闇と霧で視界を塞ぐ。泥濘を作り、接近を封じる。自分の手の届く範囲の温度を下げ、『健康』で体を戻す。

攻撃の手は止めないが、まずは守備。さも必死であるかのように、散発的な石弾を飛ばす。

「さっきと同じ？」

「さあどうだろう」

自分に有利な空間を作り出してそこに陣取り、一方的に攻撃するミル姉の業。それは魔術師として理想的な戦術だ。俺もミル姉に倣《なら》い、自分にとって理想的な——生存可能な環境を作っていく。序盤戦の焼き直しでもあるが、今回は相手を潰そうなどとは思わない。

自分を回復させながら、相手の消耗を待つ。作っておいた穴に飛び込んで、一口水を飲んだ。

では、引きこもろう。

石壁では熱を防げない。ならばと氷壁を張り、周囲を囲っていく。さっきから壁は壊さ

れ続けているが、作る方がまだかろうじて早いようだ。

全力なら簡単に抜かれるとはいえ、それは魔力の動きで予兆が解る。直撃はしないだろう。

少しは息継ぎをしないと、動けなくなってしまう。

「くそ、体が痛え」

焼け焦げた皮膚が剥がれ、そこから再生していく。魔力消費は増してしまうが、『健

康』を切った瞬間に死ぬ気がする。

ここまでやられたのはいつ以来か。

「ぐ、ううう」

穴から首を出して、壁の向こうを睨む。必死で動向を窺おうとしたが、震えた膝が容易

く落ちた。虚勢を張っても体は正直だ。

後はもう嬲《なぶ》られるだけの敗戦処理になるだろうが、少しでも終わりを引き延ばしてやる。

「もうちょっと、もうちょっとだけだ」

ミル姉を少しでも満足させないと。

相手がいるであろう方向へ、生成した大岩を投げ込む。闇の中から飛び出した熱線が、岩を切り裂くのが見えた。単発ではこんなものだろう。

ならば、手数を増やしてみては？

今度は前後左右からの石槍に、毒を塗った飛針。しかし、そそり立った火壁が全てを遮った。

多少対応が過剰か？　いや、手抜きをしていないのならこんなものか。

その気になったミル姉の防御を抜けない——これが俺の現在地ということだ。

それでもまだ魔力は残っている。最後まで抵抗は続ける。

回復を続けながら、陰術を軽く込めた弾で攻めを組み立てる。時々本気を織り交ぜて、相手の意識を緩めさせない。

「ちっ、面倒ね」

そう、だから陰術は嫌われる。だが、これだって楽なやり方ではない。

気を抜くと壁が一気に数枚砕かれ、心臓が跳ねる。壁の修復を繰り返しながら、相手を疲弊させ、迂闊な行動を待つ。

複数の魔術を平行して使っている所為で、意識が飛びそうになっている。

早く楽になりたい。

「はぁ――」

呼吸が苦しくて眩暈《めまい》がしてくる。どうにか地中を這いずって被弾を避けた。攻撃の軌道を考える余裕が無い。

地を這うように炎の鞭が迫る。体の反応が遅い、このままでは当たる。避ける力が出ない。地面を急速に沈めて穴に潜り込むと、頭上を赤い帯が過ぎていった。

いい加減、『健康』が間に合わなくなってきたようだ。まともに動けるようになるまでどれだけかかるか……いや待て、『地を這う』？

攻撃が抜けている⁉

驚きで視界が冴えた。いかん、いつから俺は緩んで――

「焼けた空気を吸い込むと、朦朧《もうろう》とするんでしょう？　昔、貴方が教えてくれたことだったわね」

優しい声が耳朶《じだ》を打つ。

ただでさえ強い人間が、こんな搦手を使うとは。

「……クソが」

身を縮め、己を全力の氷で覆う。

直後に走った熱波が、俺を宙高く打ち上げた。

良い日旅立ち

「――姉超えならずか、惜しいな」

かなり期待感はあったが、最終的には当たり前のところに落ち着いた、というところだろう。それでも、フェリスは想像を圧倒的に超えるものを見せてくれた。

耐え凌ぐどころか、ミル姉に攻撃を当てるとは。

「……しかし、代償は大きいな、ありゃ」

襤褸《ぼろ》切れのようになったフェリスに、母さんが必死で治癒魔術をかけている。落下の衝撃で手足は奇妙に捻じれ、全身が焼け爛れている様は、見ていて酷く不安を煽った。あれはフェリスだから生きているだけで、常人なら間違いなく死んでいる。異能を使えば障害は残らないのだとしても、完治まではかなりの時間がかかるだろう。

「……で、勝った感想は？」

フェリスに関して出来ることは無い。なので、ミル姉に向き直る。

ミル姉はどうにか立っているようで、疲労と苦痛に顔を歪めていた。ここまで余裕の無い姿は珍しい。

薄い唇から、掠れた声が漏れる。

「……強かった。炎魔なんて称号を手にしてから……いえ、今までの人生の中で、一番フェリスが怖かった」

「ベタ褒めだな。気持ちは解らないでもないが」

本気を出したフェリスを相手にするのは、非常に厄介だ。やれば大体勝てるにせよ、恐らくミル姉を相手にする時より労力や工夫を要求される。

守りが堅い上に、迂闊な攻撃は回復される。かと思えば攻めが弱い訳でもなく、油断すれば陰術でこちらに不利を強いてくる。受けに回ったら局面を引っ繰り返されて、後は終わりだ。

機を逃さずに決め切ったミル姉を見事と言うべきだろう。

「ま、普段の鬱憤は晴れたみたいだし、それは良かったんだろうな」

「ええ、楽しかったわ。……後は私も倒れるから、よろしくね」

気力だけで保っていたのか、言い置いてすぐにミル姉は気絶する。

世界で十指に入る魔術師を、ここまで追い込むのか。

身内相手で容赦したとはいえ、お前だって大概だよ、フェリス。

◇

派手に負けて七日。

回復に時間がかかった所為で、当初の予定よりだいぶ遅れて旅立つこととなった。加えて、本来は一人旅のつもりだったが、隣のミズガル伯爵領までジィト兄が同行することとなった。これは俺の負傷の所為ではなく、元々伯爵領に行く日程が被ったためらしい。

まあ、病み上がりで体調は完璧とは言えない。送ってくれるというのなら、それに甘えさせてもらおう。

「いやあ、獣車使って良いんだ。素晴らしい」

「俺は歩きでもいいんだが」

「こっちが嫌だよ」

歩きでゆっくり行くつもりではあったが、荷物もあるし楽が出来るなら大歓迎だ。

「仮にも子爵家の名代が、長剣ぶら下げて徒歩ってみっともないでしょう」

ミル姉も呆れて俺に続く。

面倒だし物事を簡単にしたいという気持ちは解るが、お偉方と会うのに自分の勝手を通す訳にもいくまい。ジィト兄が領主になれないのは、この辺が適当だからだ。

「あちらさんとの合同演習だっけ？　守備隊長なんだし、たまには貴族らしい仕事しなよ」

「適当にその辺歩いて、出て来た魔獣狩るだけの話だろ？　大袈裟にしなくてもさあ」

「そんな気楽に考えてるのはアンタだけよ」

普通の人間は魔獣に対して、もう少し恐怖心や警戒心を抱いている。近寄って首を落とすだけなんて、そんな風に考えてはいない。

ジィト兄は魔獣と相対して、脅威を感じたことが無いんじゃないだろうか。ちょっと良い食い物が来た、程度にしか思っていない気がする。

諦めたような溜息が、ミル姉の唇から漏れる。

「……フェリス、仕事としてお金払うから、打ち合わせが終わるまでジィトの補佐として働かない？」

「自分の用事を優先して良いなら……」

ミズガル領に着いたら、師匠の友人やお世話になった職人といった、そういった面々に挨拶回りをするつもりだった。用事の邪魔にならないのなら、話し合いをまとめるくらいはしても良い。

というか、ジィト兄に全てを任せるのは不安がある。

演習そのものはやれば成功するに違いないが、そもそも演習まで漕ぎ着けられるのか。

ミル姉は悩ましい声で唸りながら、帳簿を捲る。

「二十万でどう？　それくらいなら予算の枠内で出せるけど」

「打ち合わせで予定してた滞在期間は？」

「往復の移動も含めて十日で計算」

「充分過ぎるな。受けるよ」

俺が職人として働いた場合の日当が大体一万前後なので、倍以上稼げることになる。復路のことは考えなくてもいいのだし、お偉方との打ち合わせくらいこなしてみせよう。

「儲けたな」

「いや、儲けたというか……ジィト兄がしっかりしてれば、必要の無い金だからな？」

「心配し過ぎだって」

そりゃあまあ、伯爵家と揉めるくらいならどうにでもなる。問題なのはそこではなくて、演習失敗時に領地や民に被害が出る点だ。ジィト兄がいくら強かろうと、それは個の強さでしかない。広い範囲を守るためには、どうしても他者との連携が必要だ。

クロゥレン守備隊なら勝手が解っているから良いとして、ミズガル側とは顔合わせすらしていないのだ。貴族としては失格の俺でも、適当にやった挙句、余所に被害を出すことは躊躇《ためら》われる。

それに、この時期に最も狙われるのは果物だ。伯爵領の青果はどれも絶品なので、なるべく保護したい。

「受けてくれるなら、行くのはジィトとグラガス、フェリスの三人ね。この際、宿泊と飲食もこちらで持つから、少しは利益を上げてきて」

「利益とな？」

話をよくよく聞くと、今回の件は合同演習と銘打ってはいるものの、どちらかと言えばこちらからの援助という面が強いらしい。領地の境目で演習をするとは言え、クロゥレン側の土地は単なる野原で、耕作も何も行われてはいない。翻って伯爵領には川と果樹園が広がっており、害獣対策が必要とされている。

間引きに協力する代わりに、輸入で有利な条件を得る、というのがミル姉の目標であるらしい。

損得勘定だとか、内容がつくづくジィト兄に向いていない。

「仕事があるのは解るんだけど、これはミル姉が行くべきじゃない？」

「何も無ければ行くんだけど、明後日にはベイス様が来るから、私が外す訳にはいかないわ」

おお……国の監査か……。それは無理だ。

まあ、暫《しばら》くは家のために働くことも無いし、奉公としては丁度良いということにしよう。

「取り敢えず、やれる限りはやるよ」

「ええ。最低限、演習をまとめてくれるだけでも助かるわ」

大丈夫なんだけどなあ、とぼやくジィト兄を尻目に、俺とミル姉は頷き合う。

大丈夫な訳がない。これは任せられない。

道中、グラガス隊長とはみっちり打ち合わせをする必要がありそうだ。

転寝

伯爵領への道中、気付けば眠ってしまったらしい。瞼の裏に、朧《おぼろ》な景色が浮かび上がる。

小さな手が、魔核をこね回している。まだまだ未熟で、外に出る力を持たない子供が、部屋の片隅で懸命に武器を作ろうとしている。

——ああ、これは夢だな。

覚えがある。

これは、昔の俺だ。生きる道を模索していた頃の、何も出来なかった俺だ。

懐かしい記憶を辿る。

魔核との出会いは俺にとってはまさに天啓だった。

何に貢献出来る訳でもない子供を、どうやって部屋に押し込めておくか。俺だったら、玩具を与えるだろう。他の大人もそう考えて、たまたま選ばれたのが魔核だった。

ある日、部屋を不意に訪れた男は、魔核に多少手をかけて粘土くらいの硬さに加工して見せた。微妙に柔らかい謎の塊を渡され困惑していると、彼はそれを使って好きに遊べと言う。聞けば、魔力を込めることで形や色、硬さまで自由に変えられる特性を持つらしい。

師匠との、そして魔核との出会いだった。

部屋に閉じこもって、退屈な時間を過ごしていただけの生活に、彩《いろどり》が差し込んだ。夢中になって魔核と向き合った。異世界らしさと利便性を兼ね備えた、摩訶不思議な素材。これさえ使いこなせれば、俺は俺だけの居場所を確保出来る。

しかし何事もそうだが、最初はやはり巧くいかなかった。魔力に乏しく、手先が器用でもない子供に、思った通りの物が作れる訳がない。

結局は腕を磨くしかなく、簡単な物を作れるようになるだけでもかなりの時間を要した。

ただ、副産物として多少の金銭を得ることは出来たし、魔術の腕も上がった。

そしてある程度の自信がついた頃、武器を作ろうと思い立った。

何を己の相棒とすべきか。

一つはすぐに決まった。手足の短い自分の補助となる、ある程度の長さを持った棒。もう一つは貴族らしく剣で行くべきかと考えたが、俺の生活圏である山や森で活きる武器ではない。となると斧か鉈か……迷った挙句、扱いやすそうな鉈を選んだ。

棒は造りが単純なため、どうにかなった。直線を維持したまま、只管《ひたすら》に魔力を込めることで強度を高めていった。叩いたり突いたりした時に、歪まなければ良い。

問題は鉈だ。家にある実物を見れば、構造は調べられた。自分に相応しい重さについては、手に持って振り回せば解る。

解らなかったのは、切れ味が良い刃物とは、刃がどういった状態になっているべきなのか、という点だ。

使っているうちに、刃先が摩耗して丸くなっていくために切れ味が落ちるのだろう、という推察は出来る。素材へ刃先が入っていかなくなるからだ。だからと言って、刃の部分を薄くするだけで良いのかと問われれば、それはきっと違う。

守備隊員の私物を見せてもらうことは出来ない。武人が自分の得物を他人に委ねる筈がないし、それだけの信頼関係も築いていない。加えて、日々使用している武器が最善の状態にあるとも思えなかった。

品質の良い、まっさらな状態の刃物に触れてみたい。

悩む俺を見かねて、師匠は職人を紹介すると言ってくれた。隣の領に腕の良い研磨師がおり、今でも交流があると言う。俺は話に飛びつき、家人へ修行に行かせてほしいと申し出た。

許可が下り、いざ現地へ向かうという時に、師匠は俺に告げた。

『お前は真面目だから大丈夫だろうが、紹介したこっちの面子もある。途中で投げ出したりするなよ』

蘇った言葉に、今でも胸が締め付けられる。それと同時、夢の中の俺がふと手を滑らせた。

加工に失敗し、ひしゃげた魔核が床に落ちて転がった。

再会

伯爵領までの道中は、穏やかなものだった。

盗賊や魔獣に襲われることもなく、天気が崩れることもなく、ちょっとした休暇のような気分を味わえた。陽気の所為で、フェリス様とジィト様が時折居眠りをしているが、それでも平気なくらいだ。

もしこれが当初の予定通りジィト様との二人旅であれば、もう少し緊張感のある旅路になったかもしれない。直属の上司と二人きりで、仕事のことを考えながら長距離を移動するのはしんどいものがある。仕事の補助の面でも、フェリス様が同行してくれたことは幸いだった。

フェリス様は自分と相手との調整を考えられる人間なので、そこまで無茶な展開にはならない筈だ。

「……また難しいことを考えてるな？」

黙り込んでいると、目を覚ましたフェリス様が俺の顔を覗き込んでくる。

「いえ、大したことではありませんよ。ただ……俺のような人間が、貴族様との交渉の場に立つことになるとはな、と思いましてね」

「お前じゃなきゃ誰が立てるんだよ。ジィト兄には無理だろ」

「いや、ジィト様も交渉は出来ますよ。あまりその気にならないようですが」

他人の心を解さない訳ではないのに、交渉事になると面倒になって手を引いてしまうのがジィト様の難点だ。外敵から身を守る必要があり、武官の育成が重要だったことは理解しているが、クロゥレン家は文官をもう少し育てるべきではないかと思う。

いや、文官の長にこそ、フェリス様が収まれば良かったのに。

姉弟三人が一番綺麗に収まるとすれば、その形だったと思う。

フェリス様は眠り続けるジィト様に毛布をかけると、苦笑を漏らした。

「能力があることと、それを実行するかは別の話だしなあ。まあ、とにかく現場に集中してもらおう。俺らは段取りさえちゃんと出来れば良いだろ」

責任者だと言うのに、こうも信用が無いのも珍しい。ただ、それが最善でもあるのだろう。

そうして軽い打ち合わせを続けていると、丘の向こうに囲いが見えてきた。伯爵領の防壁の一つだ。演習地の近くだが、魔獣の気配は今のところ感じられない。

「ここまで来たらもうすぐですね。日暮れ前には入れそうだ」

二日後にはあちらの領主やそのご子息と対談するかと思うと、手に変な汗が滲んでくる。上着の裾で拭っていると、フェリス様が笑いながら俺の肩を叩く。

「気楽に行こう。駄目だった時はミル姉がなんとかするさ」

そういう精神性は羨ましい。俺は唾を飲み込んで、獣車を更に先へと進めた。

◇

やって来ました、ミズガル伯爵領。

柵の前に陣取っている番兵が、こちらに気付いて走り寄って来る。

「おーい、審査があるから、そこで止まってくれぇ！」

言われた通りに獣車を止め、外へ降りる。彼らも仕事だろうし、俺達も貴族というにはあまりに薄汚れているので構わないのだが、あの口調で今まで問題無かったのだろうか。

まあ、礼儀に煩い貴族がこの入り口を利用しないことを祈ろう。

「すまんが獣車の中を検《あらた》めるぞ。三人か、代表者は？」

「俺だ」

ジィト兄が手を挙げ、笑って応える。身分証や家紋を見せる様子が無い。

状況を面白がっているのか、それとも素で忘れているのか判断がつかない。相手は絶対に、俺達のことを隣からやって来た一般人だと思っている。

俺は慌てて懐から、家紋入りの短剣を取り出した。

「ああ、済みません。俺達は一応こういう者なんですが」

短剣を見せると、番兵達の動きが止まる。いや、最初に誰何《すいか》をすればこんな問題は起きなかったろうが、うちの長男がこんなんで申し訳無い。

相手が固まってしまったので、俺は苦笑いで獣車の荷台を開け、中を指差す。

「検めるならどうぞ」

「大変申し訳ございません、決まりですので……」

「いえいえ、お疲れ様です」

番兵達は緊張で、すっかり縮こまってしまった。ちゃんと荷台を確認したのかも怪しいままに、そのまま審査が終わる。特に問題は無い、ということになったらしい。

じゃあ先へ進もうという段になって、番兵が申し訳なさそうに俺達を止めた。

「因《ちな》みに、今回はどういった用件か伺っても?」

「ミズガル様と二日後にお会いさせていただくことになっています。それまでは領内の『沈花楼』という宿屋におりますので、何かありましたらそちらに」

「畏まりました。この度は大変失礼をいたしました」

「お気になさらず」

ということで、領内へ入ることに成功した。多分、貴族としては下手に出過ぎなのだろうが、波風が立たなければ俺はそれで良い。

大きく伸びをすると、背筋が軋んだ。俺は二人に向き直る。

「どうする？　取り敢えず宿に行く？」

「そうですな。ああ、なんでしたら、フェリス様は組合に向かわれても構いませんよ。荷物はこちらで運びますので」

先に用事を済ませて良いなら、それに越したことはない。ジィト兄に視線を投げると、首肯が返る。

「そうだな。知り合いと会いたいんだろ？　俺はミル姉に頼まれた買い物があるし、当日までは自由行動で良いんじゃないか。グラガスも宿を押さえたら、飲みにでも行ってこい」

そう言って、ジィト兄は俺とグラガス隊長に五万ベルを押し付けてきた。クロゥレン領内ならかなり良い店でたらふく飲んでも、大体一人八千ベル。二日分の飲食費としてはかなり太っ腹だ。

ミル姉が出すと言っていた経費に、私費で色をつけてくれたのだろう。

「こんなによろしいのですか？」

「まあ俺はどうせ今回役に立たんしな。ちょっとくらいの得があった方が良いだろ？」

確かに、グラガス隊長には特別手当の一つも必要だ。

しかし……こういう機微はあるんだよなあ……。

なのに何故、と思わなくもない。それがジィト兄だと言われればそれまでだ。

もたもたしているとグラガス隊長が金を戻しそうなので、俺は強引に話を進めることとした。

「貰えるんなら、ありがたくいただくよ。じゃあ後は適当に、眠くなったら宿屋で合流ということで、解散！」

手を打ち鳴らす。それを合図に、各々が各々の目的地へ向かった。

俺は最寄りの組合——料理組合へ行くことにした。歩き始めて暫くは農地が続いていたが、やがて民家が見え始め、そこから領の中心へと入る。以前に来たのは三年前だったので、街並みはだいぶ様変わりしてしまっていた。

道が解らないのはさておき、栄えているのは良いことだ。

記憶に頼ることを早々に諦め、その辺を歩いている青年に組合の場所を尋ねる。彼が教えてくれた建物は、頭の中の地図とはかなりずれた位置にあった。

「あんな場所にありましたっけか？」

「古い方の料理組合は、去年火事があって建て替えたんだよ。倉庫は無事だったんで、そっちはまだ使ってるみたいだけど」

「あ、そうなんですね」

そういうことらしい。

意外と俺の頭も馬鹿にしたものではないな、などと考えながら、教えてもらった建物へ入る。新築なだけあって、中は綺麗なものだった。

幾つかある受付窓口を眺め、知った顔がいないかを探す。

――と、いきなり発見。俯いて何か書き物をしている横顔には、かつては無かった皺《しわ》が刻まれている。彼はこちらを覚えているだろうか？

「お久し振りです、バスチャーさん」

「ん、はい……って、えーっと、あれ？　本当に久し振りだな。あの、あれだ。解る」

どうやら、こちらの顔は覚えているようだ。まあ、三年前に二週間ほど世話になっただけの間柄だ、名前は忘れられてもおかしくはない。

それでも、人柄が変わっていないことが解って、何だかおかしくなってしまう。

「ご無沙汰しています。ヴェゼルの弟子の、フェリスです」

「あーあーあー！　そう、それ。久し振りだなあ。何だ、今日はどうした？」

「いやあ、家を出て独り立ちすることが出来ましてね。少しの間ですが伯爵領でお世話になるんで、ちょっとご挨拶に」

「おー、おめでとう！　そうか、ついにかぁ」

興奮したバスチャーさんが、俺の手を取って握手をする。皮の分厚い料理人の手だ。今もまだ現役のようで少し安心する。

ただ、彼はあくまで組合の利用者であって、職員ではなかった筈だが。

「しかし、何だって窓口に。お店はどうしたんですか？」

「ああ、店？　ちょっと前から、昼は息子に任せることにしたんだよ。ただ、それじゃ暇だってんで、明るいうちは組合の手伝いをしてる。……聞いたか知らんけど、去年組合が焼けちゃったからさあ。本当なら組合が自分らで何とかすべきだとしても、まあ、困った時はお互い様だろ？」

なるほど。元々面倒見の良かった人だ、暇だからではなく、組合の手伝いをするために昼を任せているのだろう。

今まで世話になってきた組織の窮状が目の前にあっては、それを放置出来ないという気持ちも解る。

「そうでしたか……確かに、建物も変わってましたからねえ」

「建て替える金があったことは幸いだったけどな。取り敢えず、過ぎたことを言っても仕方がねえ。ああそうだ、お前、夜は空いてるか？」

「特に用事はありませんが」

ジィト兄やグラガス隊長とは、合流してもしなくても良い。むしろあの二人なら、自分の好きな所に飲みに行くだろう。

「折角だ、うちに食いに来い。アキムも呼ぶからよ」

「そりゃありがたいですね、絶対に行きますよ」

アキムさんとは元々会う予定だったが、何処にいるのか知らなったので、組合に尋ねるつもりだった。

三年前、こちらからお願いして研ぎを教えてもらっていたのに、途中で俺は領に帰ることになってしまった。今更続きは望めなくとも、不義理は謝罪したい。

しかしそう考えると、そもそも俺と会ってくれるだろうか？

不安が顔に出たのか、バスチャーさんは笑っていた表情を正す。

「お前さんがあの時、どういう事情を抱えてたのかは知らん。けど、ガキが家を抜け出して連れ戻される、なんてのはあり得る話だ」

「それは……はい」

実際のところ、無断で抜け出したのではなく、許可を取ってはいた。ただ、訓練中に祖父が亡くなったという報せが入り、帰らざるを得なかったのだ。そして葬儀が済んでも、再びここへ戻ることは叶わなかった。

俺には途中で投げ出したという悔いだけが、今なお残っている。

「なぁに、お前は真面目にやってたし、あいつだってちゃんと説明すりゃ解ってくれるだろうよ」

「そうだったら良いんですが」

何にせよ、機会は与えられた。

後は俺に何が出来るかだ。

恩師

「ようアキム、今日の夜うちで飲まねえか？」

「飲み会ィ？　別に構わんが、随分と急だな」

珍しくバスチャーからのお誘いがあった。最近はすっかり組合の人間になったのかと思ったら、自分の店に貢献するつもりがまだあったらしい。

仕事には多少余裕があるし、酒も嫌いではないが、何を企んだのか。

「いやな、今日懐かしい顔に会ってな。お前も知ってる奴だしどうかなと」

「誰だよ？」

「フェリスって覚えてるか？」

本当に懐かしい名前に、少し息が止まる。

かつて友人から世話を頼まれたが、結局は面倒を見切れなかった子供。筋は良く真面目だったものの、何も言わずにアイツは俺の元を去って行った。

姿を消す直前、見慣れない連中が部屋に出入りしていたと聞いたので、家に連れ戻されたのだろうと諦めるしかなかったが……。

なんだ、無事に過ごしていたのか。

「覚えてるよ。ヴェゼルが人の指導を頼んだのは、あれが最初で最後だったしな。……アイツはどんな感じだった？」

「元気そうではあったぞ。ようやく家を出て独り立ちだと」

「ああ……もうそんな年なのか」

そうか。初めて会った時、十二歳だと言っていた。成人して、自分の道を進めるようになった訳か。色々とあったにせよ、この三年はアイツなりに頑張っていたと信じよう。

「よし、解った。久々にアイツの面《つら》を拝みに行くか」

「来い来い。今日は良いのが入ってるからな」

「おう。仕方がねえから、金は俺が出してやるよ」

バスチャーが誘うなら、人が変わった訳ではないんだろう。

久々に、良い酒になりそうだ。

◇

少し胸をざわつかせながら、約束の時間を迎える。料理を作りながら酒を飲む訳にはいかないため、店が閉まる直前の集合となった。

店の奥の席で、面子が揃うのを待つ。気を遣ったバスチャーさんが、口寂しさを紛らせるようにと炒った塩豆を置いていく。それを噛み砕きながら、緊張した自分を落ち着かせる。

豆が三分の一ほど無くなった辺りで、当時とあまり変わりのない顔が、俺の向かいの席に座った。

「よう、待たせたか」

「いいえ……お久し振りです、アキムさん。あの時は申し訳ありませんでした」

頭を下げる。溜息が聞こえると同時、つむじを突かれた。

ああ、これは昔もやられた。地味な痛みに懐かしさが込み上げる。

「メシが不味くなるぜ、坊主。まずは乾杯といこうや」

「はい」

アキムさんは手を上げて、給仕に三人分の酒を頼んだ。俺は塩豆をアキムさんの方に寄せつつ、そういえばこの体で酒を飲むのは初めてだと気付く。

やがて、酒を抱えた給仕と、大皿を抱えたバスチャーさんが席にやって来た。給仕は酒を置くと、バスチャーさんに挨拶をして店をそのまま出て行った。

気付けば、店内には俺達しかいない。

「よし、じゃあ再会に乾杯と行くか。カンパーイ！」

「おう、乾杯！」

「乾杯」

たっぷりと注がれた酒を掲げてから、一気に喉へと傾ける。名前は知らないが、よく冷えていて飲みやすい、甘い酒だ。胃の奥が微かに熱を帯びる。

「っし、じゃあ話してみな？　あの時何があったんだよ」

「ええ」

アキムさんに促され、あの時からを語る。

祖父が死んだこと。配下が迎えに来て、そのまま家へと連れ帰られたこと。それ以降領からは出られなかったこと。

事情を知って、二人は唇を曲げて頷く。

「説明はしてほしかったところだが……そういう事情じゃあ仕方ねぇな」

「その辺はフェリスがどうこうってより、家の方が慌ててたってことじゃないかね？」

「それはあったと思います」

それからも話は続く。

見かねた師匠が、専門外でありながら刃物の基本を教えてくれたこと。職人としての道を捨てられず、成人を迎えるにあたり、決闘をしてその権利を勝ち得たこと。

そこまで語った辺りで、二人が同時に首を傾げた。

「ん、ちょっと待った、何でそうなる？」

「坊主、今のくだりの意味が解らん」

「ん、何がです？」

酒精で唇を湿らせて、アキムさんが問う。

「いや……なんで決闘するんだ？　別にその辺の魔獣を狩って見せれば、戦えることくらい解るだろう」

「俺も正直よく解らないんですが、貴族はそういう規則があるらしいんですよね。あんまり意味が無いと思うんですけど」

「貴族？　誰が？」

「俺ですけど……師匠から聞いてませんか？」

バスチャーさんが呟き込み、アキムさんの唇の端から酒が垂れる。バスチャーさんはさておき、アキムさんは師匠と直接やり取りがあったので、てっきり話が通っているものだと思っていた。

まあ俺はあくまで修行のため、アキムさんの工房を訪れた。貴族であるより先に、普通の小僧として扱われる方が、当時は正しかっただろう。お陰で場が変な空気にはなってしまったが。

気を取り直して先を進める。

「一応、クロゥレン家の次男坊ってのが俺の立場です。とはいえ、うちは姉兄が優秀ですし、俺も家を継ぐことは最初から放棄してますがね」

「クロゥレン家って、国内でも有数の武闘派だったよな？　……フェリスがねえ？」

「嗜《たしな》みとして、多少は鍛えてますけどね。考えてもみてくださいよ。職人である俺に、現場で何しろってんですか」

「何しろって、坊主も貴族なら戦えってことだろう。……似合わねえな」

そんなことは自覚している。腕に自信がある訳でなし、好き好んで前に出るつもりもない。魔獣を狩ってはいたが、それだって食糧を得るか自衛のためでしかなかった。

「俺に戦う才能が無いってことは否定しません。ただ、俺はモノ作りがしたかった人間ですからね。そういう面からすれば、才能が無いってことにも意味はありましたよ」

俺が職人を志すことが出来たのは、家族の優しさによる面が大きいだろう。それでも、姉兄に比べて劣っていたということは、決定的な要因であったに違いない。

成立したばかりで敵が多い領だ、相手が人であるにせよ魔獣であるにせよ、立場を守るためにはどうしても強さが必要になる。周囲の貴族と比較して俺が弱い訳ではないにせよ、領を引っ張っていくだけの能力は持ち合わせていなかった。それなら、その強さを支えられるものを作ろう。

モノを作ることは確かに好きだ。でも、職人を選んだ理由なんて、他に返せるものが無かったからだ。

バスチャーさんは俺を見て、神妙な顔で唇を濡らす。

「まあ……お貴族様ってのは、俺らみたいな一般人とは違うものを抱えてるってことは解った。んで、これからはどうするんだ？」

「今は兄と家臣の二人が一緒なんですけど、暫くは彼らの手伝いをする予定です。そこからは……一か月くらい伯爵領で見識を広めて、また旅に出ようと思います。中央に師匠の工房があるんで、そこを目指そうかと」

「そうかあ。何だったら、組合で短期の仕事でも紹介してやるよ。腕を鈍らせないことも必要だろ？　アキムは下っ端向けの研ぎの仕事とか無いのか？」

「ん？　まあうちの若手に任せてる仕事を一部回してもいいが……坊主の腕次第だろう。最近作ったものは何か持ってるか？」

魔核は鋭さも含めてやろうと思えば魔力加工出来てしまうので、研ぎの腕を示せるようなものが無いな……。宿に帰れば魔核も砥石もあるので、この際新しく作った方が早い。戻ったら包丁でも作ってみるべきか。

「今はちょっと手持ちは無いですね……。魔核加工で作った鉈ならありますけど、それは趣旨から外れるでしょう？」

「それはそれで気になるから、少し見せてみな」

言われるがまま、腰に下げていた鉈を渡す。相棒は今日も最高の品質を保っている。

二人は刃先を色んな角度から眺め、一通り確かめると溜息をついた。

「無骨で、遊びの無い造りだな。研がずに魔力整形だけで刃を立ててるのか――手間暇かけてるだけあって、出来映えが美しい」

アキムさんは相棒を褒めながら、爪で軽く刀身を叩く。堅く澄んだ音が、歪みのないことを証明している。

「こりゃあ良いなあ、かなり切れそうだ。これで骨太なヤツの解体やってみたいなあ」

「骨ごとぶった切っても刃毀れしない程度には鍛えてますよ。解体用のでかい刃物が欲しいなら、三十万ベルで請け負います。出来上がりまで十日かかってもいいなら」

「払う！」

「俺も欲しいな。自分好みに刃付けするわ」

「そこらはお任せで。……もう滞在期間中の仕事が出来ましたね」

一瞬間を置き、三人で顔を合わせ、笑う。

別の職人に褒められるだけの仕事が出来ていることが、素直に嬉しかった。

ああ、酒が美味い。

今日は良い気分で酔えそうだ。

伯爵領の名産品

「父上、クロゥレン家の方々がいらっしゃいました」

「……む、そうか、すぐ行く」

畑の前で何の種を蒔こうかと考えていると、息を切らしたビックスが走り込んで来た。

待ち焦がれた相手が、ようやく来てくれたようだ。

汚れた手を水術で清めてから、額に浮いた汗を拭う。それから腰を叩き、鈍痛を誤魔化した。

「先方を客室で待たせておりますので、すぐに来てください」

「そう慌てるな。流石にこんな格好で対応する訳にはいくまい」

ビックスが急かす理由は私とて承知しているし、なるべく急ぎたくはある。今までほぼ交流の無かった、クロゥレン領からの提案――これが本気なのであれば、我が領が抱えている問題の多くが解決する。

農業を主用な産業とする領地における最大の敵、害虫や害獣を、格安で退治するとの申し出があった。

何故急に、こちらと交流する気になったのか。そして、提案は本気なのか。

本気であれば是非助力をお願いしたい。判断のためには、直接会う必要があると判断した。

「……ビックス、お前はもうクロゥレン家の方々と話はしたか？」

「挨拶程度ですね。あちらからは彼《か》の『剣聖』、ジィト・クロゥレン殿が来ていました。間違いなく本人です」

それだけの人間を動かしたのか。

うちに出る害獣共に、そう強力な個体はいない。小型でとにかく数が多いというのが特徴だ。非常に頼りがいはあるものの、戦力としては持て余すのではないだろうか？

まあ……まずは話を聞いてみることが先か。

お互いの要望が一致しなければ、結局は協調出来ない。今回限りの付き合いになることも考えられる。とはいえ作物もそうだし、領民の被害を減らす意味でも、巧く折り合いをつけたい。

こう言ってはなんだが、あちらは貴族として歴史の浅い成り上がりで、うちは貴族というより単なる規模のでかい農家だ。中央からも離れているし、気取らない付き合いが出来るのではないだろうか。

「因みに、ジィト殿の他には誰が？」

「クロゥレン家の次男であるフェリス殿と、魔術隊の隊長グラガス殿です」

「はて。クロゥレンの次男は、武官としてはあまり秀でていないと聞いているが……」

「現場に慣れさせる意図があるのでは？　うちを訓練先に選んだのは、数をこなせるからかもしれません」

不出来な次男坊に、活躍の場を与えるつもりか？　いや、穿《うが》ち過ぎだろうか。

考え込んでいても始まらない。あまり人を待たせるものでもないし、すぐに支度をしよう。

水を飲んで喉を潤し、私室へと足を向ける。

「お前は先に行け。今の時期ならヴァーヴが熟れて良い具合だろう、冷やしたのを勧めておいてくれ」

「そうしましょう。なるべく早くお願いしますよ」

そう言うと、忙しなく息子は走り去った。年齢の割に、どうにも落ち着きに欠ける。もう少し貫禄がつけば、私も当主の座を譲れるというのに。

成長の場が必要なのは、本当はアイツの方かもしれない。

◇

打ち合わせの直前だということは承知の上で、ジィト兄に席を外してもらうかどうかを、かなり真剣に悩んでいる。そして、向こうのご長男も外してもらった方が良いのではないか、と考え始めている。

当主がまだ現れていないことは、別に気にしていない。上の立場の人間が、身支度に時間をかけるのは当たり前のことだ。

問題は、挨拶もそこそこに大の大人が二人、円卓の上の果物を一心不乱に貪っていることだ。

「……おや、食べないのですか？」

「いえいえ、いただいておりますよ」

ビックス様が口いっぱいに果実を頬張りながら、俺に問いかける。なるべく微笑みを崩さないように気を付けて、俺は返答する。

食べてはいる。お偉いさんが来る前に良いのか、とは思ったものの、熱心に勧められたので食べてはいる。そして、素直に美味いとも思っている。

目の前の勢いに押されているだけだ。

大皿にたっぷりと盛られた果物が、瞬く間に減っていく。完全に無くなりそうになると、下男が新たな皿を追加する。俺とグラガス隊長がまだ一皿目も空けないうちに、彼らはもう四皿目か？

生まれ変わる前に見た大食いの番組が、目の前で行われているかのようだ。今晩は会食があると聞いた記憶は、俺の気の所為だったろうか？

普通なら無礼を指摘されてもおかしくないが、ビックス様が率先してこの状況を作っているので手に負えない。むしろ、彼は満面の笑みで果物を口に運び続ながら、ジィト兄の食べっぷりを喜んでいた。

「お口に合いましたか。今年のヴァーヴは出来がいいんですよ」

「ッ、うん、ええ。久々に食べましたが、実に美味い。体を動かした後なんかに良さそうですね」

笑いながらも、彼らはどんどんヴァーヴを口の中に放り込んでいく。この二人は初対面だった筈なのに、どうしてこうも馴染んでいる。

いやまあ、守備隊長同士の仲が良いことは、有益なことに違いないのだが……。

二人の様を眺めながら、取り敢えず伯爵が来るまではどうしようもないな、と色々なものを諦めた。

ヴァーヴを口に含み、どうすればこの味が活きるのか、ぼんやり頭を捻る。甘酸っぱくて果汁が豊富……色々作れそうだ。久々に料理をしたくなる。

黙り込んでいたからか、ビックス様が気遣わしげにこちらの様子を窺う。

「フェリス殿は退屈ですかな？　私はこういった形でしかもてなしが出来ないもので、申し訳ない」

「そんなことはありませんよ、美味しくいただいております。……実のところ、私の趣味の一つが料理でしてね。ヴァーヴの可能性について考えておりました」

「ほう、それは素晴らしい！　どういったものをお考えですか？」

「そうですね。幾つか思いつくものはありますが……」

まとまりきらない案の一つを口にしかけたところで、扉を叩く音が聞こえた。言葉を途中で切りそちらに視線をやると、やけに厚みのある体の壮年男性が、爽やかな笑顔を浮かべて中に入ってきた。

「いやはや、お待たせした。楽しんでいただけているかね？」

人の好さそうな愛嬌のある振る舞い。しかしその実態は、長きに渡って王国の食を支えてきた名門の当主、バスカル・ミズガルその人である。俺らのような吹けば飛ぶ木っ端とは年期が違う、百戦錬磨の本物の貴族だ。

さてどうするべきかとジィト兄を横目で見れば、ヴァーブを口いっぱいに放り込んで喋れなくなっていた。

コイツ使えねえ。

内心で舌を打ち、けれども表情は崩さないよう保つ。

「堪能しております。伯爵領の果物はいつ味わっても素晴らしいものですね」

「ほう。クロゥレン領には、あまりうちの作物は出回っていない筈だが」

それは伯爵の言う通りだ。成立して日の浅いクロゥレン家は、大した契約を伯爵家と結べていない。しかし、人の行き来や商売を制限している訳ではないので、作物を口にする

機会はある。

「個人的なツテがありましてね。友人が時折土産として、私のところに届けてくれるのですよ」

「そうか、我が領の自慢の作物を気に入ってもらえたのなら幸いだ。……そうだな、後で土産を用意するから、持って行ってくれ。今はちょうど収穫期でね、余らせるよりは誰かに食べてほしい」

「お気遣い、ありがたく頂戴いたします」

話のとっかかりとしてはこんなものか？　社交場に出ることが少なかったので、目上の者に対する正しいやり取りが曖昧だ。それでも、何も言わずに果物を食い続けるよりはマシと信じよう。

グラガス隊長へ軽く目配せをし、話題を進める。

「遅くなりましたが、私はクロゥレン子爵家次男のフェリス・クロゥレンと申します。こちらは守備隊長であり兄のジィト・クロゥレン。そして、魔術隊隊長のグラガス・マクラルです。この二人が今回の演習における責任者となります」

伯爵はこちらの顔をじっと見つめると、微笑して頷いた。掴みは悪くなさそうだ。

こうして二人を立てていれば、俺のことは文官だと勝手に捉えてくれるだろう。聞いた話によると、クロゥレン家の次男は凡夫で知られているようだし、不自然だとは思われまい。

どうせこの打ち合わせが終われば、後はこの二人の仕事だ。俺の印象は少ない方が良い。

「ジィト殿とグラガス殿の高名は私も耳にしている。かの有名な『剣聖』と『鉄壁』のお二人には退屈な狩りかもしれんが、是非ご協力いただきたい。何せヤツ等と来たら、一匹一匹は大したことはないものの、とにかく数が多くてな。対応に苦慮しておるのだ」

「左様ですか。因みに、バスカル様は何にお悩みで？」

聞けば、今回の主目標はビークといって、前世で言う小型犬のような生き物らしい。四つ足ですばしっこく、繁殖力が強い。加えて、群れを成して移動し、下っ端を囮にするような知能も持ち合わせているとのことだ。

そして何より嫌われている点は、背の低い作物を狙い、美味いところだけを食い散らかす習性だろう。

なるほど、非常に面倒くさいし鬱陶しい。

伯爵領は戦力が武術に偏っているため、面での制圧が可能な魔術隊に協力を仰ぎたい、というのが先方の希望だった。

お願いには可能な限り応えましたよ、という体裁を取りつつ、クロゥレン領の戦力も最低限維持する必要がある。となると、魔術隊の戦力を三割、武術隊を一割くらい出せば順当だろうか。

仮に何者かの襲撃を受けたとしても、大体の相手は対応出来る。無理だった場合、ミル姉が現着するまで時間を稼げれば何も問題は無い。武官の層が妙に厚いのがクロゥレン家の強みだ。

「畏まりました。詳細については一度領に持ち帰ってからの決定となりますが、魔術隊の人員をなるべく動員出来るよう取り計らいましょう。領民にとっての障害を取り除くことも、貴族としての責務でしょうから」

自分でも薄ら寒いなとは思いつつ、綺麗ごとを口にする。現場の人間が耳にしたら、後ろからどつかれることだろう。それでも話をまとめるためには、こちらの意欲を形にして示さなければならない。

物事には建前というものがあるにせよ、やはり俺は貴族には向いていないと再認識する。

相手の反応を待っていると、バスカル様はどこか悪戯《いたずら》っぽい眼差しで、俺の目を覗き込んだ。

「ふむ、フェリス殿は腹芸が苦手と見えるな?」

……見透かされている。

若造のおべっかなんて、嫌というほど聞かされてきた人間だ。俺の気取った言葉はあまりに軽かったろう。

しくじったか？　思わず唾を飲み込む。

「気にすることは無い。私も君ほどではないにせよ、腹芸は苦手でね。……何が望みか、まずは口にしてみたまえ。内容が解らなければ、私も判断は出来んよ」

僅かに逡巡する。何を口にすべきかが巧くまとまらず、今更ジィト兄やグラガス隊長に任せることも出来ず、結局、正直に話すことにする。

「もし可能であれば、果樹等の嗜好品に関して、今後クロゥレン家と直接の契約を結んでいただければと思っています」

「それは量と値段次第だな。真っ当な取引であれば、拒否する理由は無い」

「それほど多くの量は望みません。ただ、旬のものを種類を揃えて、かつ定期的に、安価でいただきたいのです」

実際のところ、輸入をするといっても商売になるだけの量を購入するつもりはなかった。今回の話で求められるのは、もっと慎ましいというか、小規模なものだ。

苦笑いを滲ませた俺に対し、バスカル様は首を傾げる。

「君の狙いはなんだね？」

「難しい話ではありませんよ。……女性は甘い物が好きなのです」

そう、たとえば、うちの当主とか。

やがて発言の意味が理解出来たのか、一瞬の間を置いて、バスカル様は大きな笑い声を上げた。

「はっはっは！　なるほどなるほど。それくらいなら、こちらに来たついでに現地で収穫して行けば良い。金銭の他に報酬として上乗せしよう」

気前の良い言葉に安堵が湧き上がり、俺は深く頭を下げる。

この世界は娯楽に乏しい。美味い物が食べられると聞けば、誰だって心を躍らせる。

……クロゥレン家は甘い物好きが多いのに、領内で甘味があまり取れない。そして自分達で果物を作ろうにも、ミズガル領ほどの農業知識や技術を持っていなかった。

欲しいのに、手に入らない。

だからどうにかして、国内でも評価の高い、ミズガル領の作物を得る機会が欲しかった。

とはいえ、ミズガル印の作物は希少・高級・美味の象徴で、モノによっては平民の一月分の収入が平気で飛ぶ。下の身分にいる者が、無遠慮にくださいと言えるものでもない。

だからミル姉は、その切っ掛け作りに演習の話を持ち出した。あわよくば、嗜好品の取引を有利に進められないかと期待しながら。

さて、結果はどうだろう。

量は敢えて確保しなかった。ただ、近場に出向いて兵の強度を鍛えながら、帰りにはご褒美が貰える流れになった。

責任者でもない俺が、自軍の武力に勝手な値段をつけてしまったことは懸念されるものの、今更どうしようもない。ジィト兄もグラガス隊長も何も言わないということは、恐らく問題は無いのだろう。目的は達成出来たこととする。

「ありがとうございます。……演習の参加希望者が増え過ぎた場合はご容赦を」

「なあに、その時は奴らを狩り尽くしてもらうさ」

分厚い手がこちらへ伸びる。俺は少し躊躇ってから、それを握る。

半ば部外者の俺が勝手に決めて良かったのかと、まだ判断がつかずにいる。それでも俺が言い出したことを、バスカル様はこちらの得になるように調整してくださった。ならば敢えて、言を翻す失礼はするまい。

双方不満無しで、契約成立。

後のことは、全て当事者に任せることにした。

戦友との語らい

夜も更け酒宴が終わると、クロゥレン家の三人は帰っていった。最初こそジィト殿もグラガス殿も巧く場に馴染めていなかったが、酔いが回り難しい話もなくなれば、徐々に家人達とも馴染んでいった。

宴席の片付けも終わった辺りで、私は追加の酒を口に含む。

「ふう……」

熱い息が胃の奥から溢れる。ようやく人心地ついた。

報酬が一部現物払いになったことは予想外ではあったものの、全体としては悪くない取引だった。どう保存したところで、作物はいずれ腐る。いずれ捨ててしまう不良在庫で、武の名門の力を借りられるなら上出来だ。

あの少年も、自分が良いようにあしらわれたことは、半ば気付いているのかもしれない。それでも、相手が自分で頷いた以上、簡単に翻すことは出来まい。

「……まだ飲んでいるのですか？」

今日のことを振り返っていると、呆れた様子のビックスに声をかけられた。私は溜息をついて、器の酒を飲み切る。

「話が巧くまとまったからな。あの次男坊のお陰で、こちらに有利な形で進められた。貴重な戦力を安売りする辺り、凡夫というのは本当らしい」

「はてさて、それはどうでしょうか」

珍しく、息子が異を唱える。

「私は何か間違っているか？」

「いや、間違っているいないというより、単純にお互いにとって損の無い取引だったと思っています。宴の時に聞きませんでしたか？　クロゥレン家は平時の戦力が余っているそうなので、遊ばせておくより余程有益だと」

それは聞いていなかった。であれば、彼があまり戦力の分配に拘らなかったのも理解出来る。

更にビックスは続ける。

「それに、得でも損でも、あまりフェリス殿には関係ありませんよ」

「む、何故だ？」

「フェリス殿は今回の一件が済んだら、家を出られるそうです。いなくなってから今回の件がこじれたとしても、彼にはそう影響しないでしょう」

では何だ。損をしない線引きを守って、後は勝手に話を決めただけか？

「――ク、ハッハッハ！　なるほど、あしらわれたのは私の方だったか！」

図面を描いたのがフェリス殿かミルカ殿かは解らない。だが、こちらの気分を良くしつつ、自分の得も取った辺りは好感が持てる。

自分の利しか見ない貴族とは、やり口が違う。

ああそうか、そうだった。

「クロゥレン家の前身は、商人であったな。……なるほど、普通の貴族とは違う訳だ」

「お気に召したのなら何よりです」

「うむ、満足した。ただな」

「はい？」

一つ、忘れてはならない大事な問題がある。

「お前はモノを食ってるだけで、何の貢献もしなかったな。うむ、まあ落ち着け、そこに座れ」

ビックスの肩を掴み、無理矢理に椅子へ押し付ける。フェリス殿をどうこう言うよりも、この評価対象外をどうにかしなければならぬ。

夜はまだ長い。

◇

「いやあ、良い目覚めだ」

「全くですな」

しくじったらどうしたものかと悩んでいたのが嘘のようだ。

宿に戻ってからは、色んなものを忘れてとにかく眠った。普段よりも遅い朝を迎え、顔を洗い、久しく無かった清々しさで俺とグラガス隊長は顔を突き合わせた。なお、ジィト兄は平常運転で、日課の走り込みに行ってしまったらしい。

まあ、今後の話をするなら俺らだけで充分か。

伯爵家でもらった果物を朝飯代わりにしながら、ミル姉へどう報告すべきかを話し合う。

「取り敢えず、先方の要求通りで行くなら、魔術隊多めで進める必要があるな。ジィト兄とグラガス隊長は確定。後は……戦場のことを考えると、火術の使い手は避けた方が良いのか。……うーん、影響が少ない順に、風、水、陽術かね」

「土もよろしくないと？」

「植物だって生き物だからな、寝床は引っ繰り返すもんじゃない。あそこは山からの吹き下ろしが強いし、川も近いから、風と水ならそう環境を乱さない筈だ。あと、陽は直接攻撃に使うよりは、強化に使うことを想定している。……まあ、加減が出来る奴じゃないと厳しい、ってことだな」

俺の発言に、グラガス隊長は厳しい表情を見せる。

「むむ……そこまで望むなら、十位以下を連れていくことは難しくなりますな」

「ああ。でも、いずれは出来るようにならないと、魔術師として話にならん。下の連中にも働いてもらう」

ただ殺すだけで済むなら、誰が出ても同じだ。守備隊に入れるなら誰だって精兵なのだし、仕事は任せられるだろう。しかし、ただの精兵という枠から抜け出そうとするなら、自分に付加価値をつけてやらなければならない。

そのための第一歩が、魔術の細かい制御だ。爽快感は無い、鍛錬としては地味、成果が出るまで時間がかかるという三重苦を超えた先にこそ、魔術師としての地力はつく。

そう、やればやっただけ、人は成長する。

これはありがちな励ましではない。素質の有無によって『成長が遅い』ということはあっても、『成長しない』ということは無い。転生時に、上位存在がそう言っていた。そして、成長限界も設定はしていないということだった。

だから、成長したいのなら、自分を信じて鍛錬を続けるしかない。これに関しては前世も今世も同じなのだ。

俺の言葉に、グラガス隊長は苦笑いを浮かべる。

「フェリス様は厳しいですな」

「そうか？　結果を出せとは言うけど、すぐに出せとは言わないよ？　始めたことが形になるには、どうしたって時間が必要だしね。ジィト兄ならその辺解ってくれるんだけどな」

「ジィト様は、意外とそういう所は見ているんですよねぇ」

努力が実を結ぶかを問わず、ジィト兄は挑戦する人間に対して寛容だ。そういう意味で言えば、ジィト兄が上に立っているうちに、現場の人間はもっと失敗をした方が良い。真面目にやった結果であるなら、あの男が部下を見捨てることは無いのだから。

「取り敢えず、だ。十位以内を三人くらい出せば、若手の訓練に丁度良いんじゃないかと思うんだよ。下の人間が伸びてくれないと、上の連中も危機感を持たないしな」

「いや……そういう意味で言えば、フェリス様の決闘は守備隊の危機感を煽ったようですが」

「ならその調子で、ミル姉に挑むんだな。現場に未練あるみたいだし、喜んで相手してくれるだろ」

俺はもう、あんな辛い勝負は真っ平だ。

グラガス隊長も少し思案げではあったが、誰もミル姉の相手は出来ないしないと悟ったのか、ゆっくりと首を振った。

「まあ、誰があの人を満足させるかはさておき。大体の方向性は決まった訳だし、二人はちょっと早めに戻るのかな？」

「ジィト様次第ですが、滞在してもあと二日くらいでしょうな。あの方も退屈しておられるようですし」

「そうだろうなあ……」

ジィト兄が身の入った稽古をしようと思ったら、強度5000以上の相手が必要だ。俺が調べた限りにおいて、伯爵領にそんな人間は一人しかおらず、しかもその人は市井《しせい》の人間だ。部外者に戦ってくれとは頼めない。

なら、あと一日くらいは休んだとしても、その次の日には飽きているだろう。二日という読みはきっと正しい。

そうなれば、俺もお役御免という訳だ。

「あと二日かあ……」

「ええ、あと二日です。……寂しくなりますな。他の者達はいざ知らず、俺にとってフェリス様は同志でしたから」

「……ああ、そうだな」

ミル姉やジィト兄の無茶に付き合ってきたのは、いつだって俺とグラガス隊長だった。

別に俺達はあの二人のお付きでもないのに、大体の騒動には巻き込まれたものだ。

ある時は急な思い付きで、領の端から端までの掃討戦に付き合わされたり。ある時は人攫いの家に侵入させられたり。他にもまだまだ思い出がある。

辛かった訳ではない。

苦しかった訳でもない。

ただ不意に、やけに滅茶苦茶な日々が襲い掛かってきて、それを二人でどうにかしていただけ。

——だから、グラガス隊長は、同志であり戦友でもあった。

「何かあったら、組合を通じて連絡をくれ。グラガス隊長が呼ぶんなら、俺だって都合をつけるさ」

「ありがとうございます。何かあっても、何事も無くとも、近くに寄ったなら顔を出してください」

家を出るという目的のために、がむしゃらにやってきた。家は煩わしいことも多かったし、決して環境が良かったとは言えない。

でも、俺はあの日々を悪くはなかったと思っている。

戻れる場所がある。それはきっと幸いなことなのだ。

「……五年で上級を取れ、って言ってたな。一人前になって、また顔を見せる。だから引退はするなよ」

「ええ、お待ちしております」

穏やかに笑いあう。

別れが静かに、そして確かに近づいていた。

剣聖

フェリスがサセットを下したあの時。俺の中には、あの勝負を認めないという選択肢は無かった。

あれほど相手を読み切った勝ち筋に、称賛以外は有り得ない。しかし、そう素直に評価してしまったことで、他者のやる気に火が点いてしまった。

あの時、どう立ち回れば、俺は自分の望みを叶えられたのだろう。あれほど特定の相手と戦いたいと焦がれたことは、久しく無かった。

俺とミル姉は、単独強度が８０００を超えた時点で親父からやり合うことを禁じられている。拮抗する相手は一人しかいないのに、その相手と向き合うことが出来ない。

全力を出してはいけない。本気で戦ってはいけない。

相手もいない。

己を絞り出すようにして研鑽を続けても、それを発揮することが許されない。

人は何故駄目と言われると、それをしたくなってしまうのだろう。理性で命に従ったものの、俺達はずっと、もう何年も欲求不満を抱え続けていた。

「楽しみだなあ」

剣を抜いて呟く。

今日は、誰も咎める者はいない。

いつぞやは先を越されてしまったが、今度こそ俺の番だろう。

◇

伯爵領と子爵領の境界線。俺はビックス様と一緒に、子爵領に戻る二人の見送りに来ていた。

今日は朝から胸騒ぎがしていた。妙に意識の端々に引っかかるものがあり、その引っかかりがいつもの動作を妨げる。

そんなことは気の所為だと違和感から目を逸らし、直感に背を向けた。

だが、認めようが認めまいが、予感は現実になることがある。

「じゃあ、最後にやるか！」

挨拶をしてさあ別れようという段になって、ジィト兄が長剣を抜いて俺に向き直った。

「……いや、やらんよ」

つい最近死にかけたばかりなのに、同じことを繰り返す意味が解らない。喉元に突き付けられた刃先を手でずらしながら、眉を顰《ひそ》めて返す。

ビックス様も展開が急過ぎて目を丸くしている。流石、行動が唐突過ぎるため当主には向かない、とされただけのことはある。

……まあ、長い付き合いだ、半ば解ってはいた。ジィト兄の性格からして、何事も無く終わらないだろうと。しかし、伯爵家の人間がいる前で、戦力を晒す真似をするとは思っていなかった。

そして、引く気も無さそうだ。

「一応聞くけど、本気なんだよな？」

「そりゃあ勿論」

いつになく目が煌めいている。そんな期待に満ちた眼差しを向けられても、こちらは困る。どう断るべきなのかを迷っていると、改めて刃先が突き付けられた。

「やるぞ、フェリス。俺だって本気を出したかったんだ！」

至近距離でジィト兄が吼える。絶対に逃がさないと、その目が語っている。

溜め込んでいたのは、ミル姉ばかりではなかったか……。

そう言えばここしばらく、ジィト兄の対人戦を見ていない。誰がやってもまともな勝負にはならないのだし、そのことを不思議とは捉えなかった。

俺も含めて誰一人として、姉兄に追いつこうとしない。だからといって、彼らは走ることを止められない。距離は開いていくばかりだ。

彼らが不意に、後ろを走る人間を気にしてしまうことは、そんなにおかしいことだろうか？

両手で顔を覆う。応えてやりたいが、酷い目に遭うことは明らかだ。

俺は今どんな顔をしている？

「ジィト殿、貴方は実の弟と離れがたいのかもしれない。ですが、その……戯《たわむ》れるにしては、力量が違いすぎるのではないですか？」

「いやいやビックス様、それを確かめるのではないですか」

そうだよな。ビックス様が止めようとしたからと言って、収まるものではない。

対策が浮かばないまま、それでも覚悟だけは出来ていく。

何故こんなことをしなければならないのか、理解出来ない訳でもない。

きっと、恩返しをしなければならないのだ。

……ミル姉とだけ対戦するのは、不公平だものな。

「――ビックス様、グラガス隊長。見届け人を、お願い出来ますか？」

両手を顔から離し、唇を引き攣《つ》らせながら、どうにか呟く。ビックス様は驚き、グラガス隊長は天を仰いだ。

名乗りのために、称号の設定を変える。どうせもう領内ではないのだから、好きにしてしまおう。

守備隊相手に隠す必要も無い。

後ろに跳び、ジィト兄との距離を少し作る。至近距離からでは勝負にならない。だから、これくらいは相手も許容する。

「俺は構いませんが、本当に、よろしいのですか」

「よろしくなくても、どうしようもないんだよ。俺はただ、本気で抵抗するだけだ」

「フェリス殿がその気であるなら、私も見届け人を引き受けましょう」

鉈と棒を構える。どうしてこうなるのだろう？　職人を目指しているのに、最近は戦ってばかりだ。

深呼吸をし、異能を起動する。武器を握る手に汗が滲む。

恐らく、遠距離戦は不可能だ。ミル姉とは全く違った展開になる。

「クロゥレン子爵家魔術隊長、グラガス・マクラル。この立ち合いの見届け人となります」

「ミズガル伯爵家守備隊長、ビックス・ミズガル。この立ち合いの見届け人となる。双方名乗りを」

体内に魔力が巡っていく。

他家の前で力を晒そうとしたのは、あちらが先だ。だから俺も、隠していたものを晒す。

「――クロゥレン子爵家守備隊長、『剣聖』ジィト・クロゥレン！」

「――魔核職人、『業魔』フェリス・クロゥレン」

称号における魔の文字は、属性魔術の達人の証として知られている。

名乗ると同時、相手がたじろいだのが解った。そして、広がっていく満面の笑み。

「よくぞ名乗ってくれた！　行、くぞォ！」

輪郭がぼやけるほどの踏み込みで、ジィト兄が真っ向から迫る。『観察』と『集中』で剣筋を見切り、どうにか鉈で一撃を受け流した。

「チィ！」

解ってはいたが速過ぎる！

俺は周囲に泥濘を作り、武器を陰で覆う。相手を有利にさせないことが、俺の基本戦略になる。格上を思い通りにさせていたら、勢いに飲まれてそのまま終わりだ。

次は石壁で経路を狭めて——ッ、

「まどろっこしいぞ！」

慌てて膝を曲げる。先程まで頭のあった位置を、横薙ぎの一閃が走った。軌道の先まで切り裂くような、強烈な一撃。サセットやミル姉もそうだったが、決闘となると誰も相手の命を斟酌《しんしゃく》してくれない。

鉈を振るってどうにか追撃を弾き、途中になっていた石壁を生み出す。それなりに魔力は込めるものの、盾にならないことは把握済み。

これは誘いだ。ジィト兄の性格的に、壁ごと俺を斬りに来る。

「読み、通り！」

後ろに跳んで斬撃を避ける。断ち割られた石壁から、陰術が撒き散らされた。付与した

ものは『麻痺』と『腐食』。

『腐食』が剣を劣化させ、『麻痺』で相手の四肢から自由を奪う。これで少しは状況がマシになるか。

「やるねェ！」

しかし、ジィト兄はそれを無視するかのように、右脚を振り上げた。予想より遥かに鋭い中段蹴りが、脇腹に突き刺さる。

「うぐぇッ」

出がけに飲んだ水が胃から戻る。肋骨が一本持っていかれた。姿勢が崩れたところに拳による直突き。額で受けるが地面に叩きつけられ、それでも、怯んでいられない。

相手の力を奪っていなければ、首が折れていたか？　涙が滲んでも、痛いだけなら『健康』でどうにかなる。

倒れている俺に、追い打ちの爪先蹴りが迫る。首を傾《かし》げて避け、きれない。掠った耳たぶが千切れて飛んでいく。

しゃんとしろ、起きろ、膝に力を入れろ！

「ガアアッ！」

地面を掌で叩き、反動で身を起こす。ついでに『靡爛《びらん》』の毒を撒き散らし、相手を強引に退かせた。

ああ、視界が揺れる。脳震盪が魔術の構成を妨げている。

ムラがあると解っていながら、毒霧を生成。己の身にそれを纏わせ、鎧の代わりにする。

意識から余分なものが抜けていく。

ただ、真っ直ぐにジィト兄を見据える。ジィト兄はそれを受け止め、涼やかに口を開く。

「頭が良いのも考え物だな。余計なことを考え過ぎる」

「……頭が悪いから、余計なことを考えるんだよ。本当に頭が良いんなら、この状況で迷ったりはしない」

「迷う？」

ああ、今回の俺の目的はなんなんだろうか。

勝つことか？　殺すことか？

いずれでもない。ただ、ジィト兄に応えたい。

なのに、俺は身を守ることを優先して、どうしても消極的な策を取ってしまう。第一に間違っているのはそこだ。

「そう。俺はどう戦うべきなんだろうな？」

「ああ……なるほどな。そりゃ確かに、馬鹿の言うことだな」

ジィト兄の姿が霞む。それはさっき見た。

鉈を掲げて振り下ろしを受け流す。棒を振り回し、相手を牽制する。思わず見惚れるほど、相手の足取りは軽やかだ。

多少とはいえ、毒を浴びせた筈なのだが。

「一度勝負を受けたんだ、そんなこと今更だろうよ。迷う前にとにかく動け」

「そうなんだよなあ……っ！」

また姿が消える。

三度目は流石に無い。動作の予兆に合わせ、棒を突き入れる。毒を帯びた一撃が、ジィト兄の肩を掠めた。

「そうそう、お前はお前の長所を活かすべきだ。よーく『集中』しろよ」

その発言で、ジィト兄の動きが鈍らない理由に気付く。

ジィト兄の異能は『操身』と『鼓舞』と『大声』。毒で動かない体を、『操身』で動かしているのか。

「なるほどな。『操身』は完全に動かない体でも動かせるんだな」

「ああ、お前と戦うなら必要だと思ってな。久々だよ、こんな真面目に練習したのは」

あの一戦で俺に備え、しかも実践して見せるなど、迷惑な話だ。俺みたいに半端な強さの人間が、どれだけ苦労していると思っている。

「ふざけやがって」

歯を食い縛る。

本気を出したかった？　俺だって出したくても出せなかったさ。

相手のことも環境のことも考えず、劇毒混じりの土砂流で全てを流し去ってやりたい。

触れただけで死ぬような、濃密な毒をそこら中に撒き散らしてやりたい。

だが、そこまでして誰かを殺したい理由が無い。

そうやって全力を出した後に、俺の周りには何も残りはしないだろう。やり尽くした後に正気を保っていられるか解らないから、俺はずっと足踏みを続けている。

別に俺は、思慮深い訳じゃない。単に、取り返しがつかなくなりそうなことが怖いのだ。

「良いのか？　出し惜しみしてると死ぬぞ？」

「随分とお優しい忠告だね」

研鑽を積めば積むほど、陰術師の業は深まっていく。それに耐える精神力はどうすれば得られるのか？

無難な道筋を考えてしまう、そのこと自体が純度の低さを物語る。俺が選べる術はなんだ。

「……はあ、取り敢えずやってみるかぁ」

陰術の鎧をより色濃く。相手から見れば、俺は闇に覆われているように見えるはずだ。

それに隠れて、鉈と棒を組み合わせる。

出来上がるのは薙刀《なぎなた》のような何か。

武術強度が高い訳でもないのに、武術勝負に挑む——人はそれを、愚行と呼ぶだろう。

「これから、ちょっと新しいことに挑戦する」

「ふむ？」

敢えて宣言するのは、自分に自信が無いからだ。

「がっかりするなよ」

震える脚に力を込める。

それでも行くのは、相手がジィト兄だからなのだろう。

更に闘う者達

——人の噂も当てにはならぬ。

目の前にある光景に対して、真っ先に抱いた感想がそれだった。

聞きしに勝る技前で、ジィト殿がフェリス殿に迫る。油断すれば見失うほどの速さと、受けごと断ち切る勢いの一撃。自分であれば、まず初手で首が飛ぶであろう猛撃を、フェリス殿は凌いでいる。

勇名を馳せるだけあって、ジィト殿の強さはこちらの理解を超えるものだった。そして……凡夫と称されていたフェリス殿も、私の遥か先を行っていた。

自分が武に秀でていると己惚《うぬぼ》れたことはないが、曲がりなりにも伯爵領の守備隊長を務めているのだ。最低限のものは持っていると思っていた。

だが……自分が、伯爵領が、クロゥレン家に打ち勝てる可能性が、まるで見えない。

ジィト殿が一人いれば、ミズガル家の全兵を切り捨てることが出来るだろう。我々は恐らく、ジィト殿の影すら踏めない。

圧倒的な才とは、こういうもののことを言うのだろう。そして……これに食らいつけるだけの能力を持ちながら、それでもなお凡夫扱いを受ける子爵領の異常さが恐ろしい。

比較対象が狂っているのであって、フェリス殿も世間的に見れば充分傑物と言えるだけの力量はある。

武術の腕は私より多少上程度だが、魔術の腕は国内でも上位に入るのではないか。あの動きに対応出来る魔術の展開速度、そしてその効果と威力。魔術師との戦いはいかに距離を詰めるかが要点であるのに、接近すればこちらが終わるという一種の悪夢。

領地を守るという、貴族としての責務を果たすためには、確かに強度が必要だ。それは認めよう。だが、そもそも貴族は司令官であって、前線で戦い続けるような役職ではない。ああも過剰な戦力を要求されるような地位ではないのに、子爵領では何故それを当たり前に要求されるのだろう。

私には、才ある若者が環境に潰されているように感じられる。

クロゥレン家の在り方に言いようのない疑問を覚えながらも、決着を見逃すまいと、私はただ目に力を入れた。

◇

己の打つべき手が判断出来なくなった段階で、目に映ったのはジィト兄の長剣が赤錆びて劣化していく様だった。麻痺は『操身』で対処することが出来ても、腐食を浴びた剣はそうはいかない。あの剣は間もなく使い物にならなくなる。

それに気付いて、ふと剣術三倍段という言葉を思い出した。

槍や薙刀に対して剣で戦う場合、段位で言うなら三倍の力量が必要という意味だ。では相手が無手ならばどうだろう？

この世界の人間は脚力だけで姿を消したりするので、前世と同じようには言えない。ただ、間合いを制するという面で、長柄武器には利点がある。

棒術の心得だけでどれだけ食らいつけるのか、格上相手に試してみようじゃないか。

「シィッ」

剣の間合いの外からの横薙ぎは、当たり前に躱される。だが、闇を纏わせている分、正確な間合いは読めていないらしい。いつもより大袈裟に、ジィト兄は距離を取った。

しかし、後退は一瞬。俺の腕が伸び切ったことを悟り、相手は逆に踏み込んで来た。左手首の辺りを狙った突きが走り、慌てて体ごと避ける。

「思い切ったな。でも、さっきよりはマシだ」

余裕の顔は崩れない。

長剣がもう少しで腐り落ちることには、流石に気付いていているだろう。多分、剣が無くても俺には勝てると思っているだけだ。『剣聖』などという称号を持ってはいるが、ジィト兄は体術だけで充分に人を殺せる。

何せ、強さの理由が極めて単純だ。動きが速くて力が強い、これだけだ。しかも毒による行動阻害も効かない。単純であるが故に、対応は困難。

それでも、武器破壊を狙っていく。

闇による目晦《めくら》ましと同時、魔核で針を生成する。下半身を狙った飛針は、動作を読まれて避けられるだろう。

では、投擲以外の挙動が無ければ？

「ふっ」

振りかぶって、投げる。そして、そのままの体勢で棒に魔力を込め、腕を斬り飛ばすように伸ばす。

動作も軌道も読めない一撃ならばどうだ。

「お、っと!?」

ジィト兄は予想通り針を避けたが、肝心の薙刀を受け損ねた。直撃には至らないものの、手の甲の肉が血と共に飛ぶ。

「良いね良いね！　そう、そういう工夫だよ！」

「チッ」

ジィト兄が本気で嬉しそうにはしゃぐ。

せめてもう少し深手を負わせるか、武器が壊れることを期待していた。二度は通じないであろう技だったのに、効果が薄い。

相手の武器の状態を確認する。錆はどんどん広がっているが、完全に腐るまではまだ時間がかかるだろう。

ならば、もう少し粘る。

回避しづらい下半身への攻めを軸にする。膝、脛、足首……棒を曲げ伸ばしさせ、挙動と間合いを常に変化させる。しかしジィト兄はゆらめくような独特の歩法で、決定打を許さない。

「いい加減、に、当たれェッ！」

「ははは、まだまだァ！　もっと来い！」

笑い声が響く。俺は脅威足り得ない。

自在流、未だならず。己の未熟を嘆く。それでも手は止められない。

土壁を生成し、背後と左右を塞ぐ。逃げ場が無くなるとしても、あの状態の剣で土壁を斬ったら、その時点で武器は壊れる。だからジィト兄は無茶をしない。ただ、斬る能力が無い訳ではないので、相手を視界に収める必要はある。

唾液で喉を潤し、前に『集中』する。

下段攻めを繰り返した後で――実体の無い影だけをこめかみへ向かわせる。そして、薙刀で足首を狙いつつの、本命は水弾による鳩尾。

的を散らした三点同時攻撃に対し、ジィト兄は影を仰け反って避けると同時、後ろへ跳躍する。一瞬で振り抜かれた剣によって水弾は斜めに断ち割られ、遠くへ消えて行った。

あれで当たらないのか……。

呆れを通り越して感心する。

「よくもまあ……」

「冷や汗が止まらん！　いやあ素晴らしい、フェリスやるねぇ！」

挑まれることが久しく無かったジィト兄は、今、受けることを楽しんでいる。あれが許されるのは、圧倒的な強者だからこそだ。

――その余裕こそが、自分を追い詰めていると気付いているだろうか。気付いていないのなら、俺にもまだ目はある。

水弾を斬った衝撃で、剣に罅が入っている。折れることを祈ったが、どうにも結果に結びつかない。水弾ではなく毒弾を撃つべきだったか？　いや、見えにくい水弾だったからこそ、あの攻めには意味があった筈だ。

焦りが迷いを生む。

いや、効果が無かった訳じゃない。揺らぐな、もっと『集中』しろ。

薙刀を肩に担ぎ、振りかぶる。両手両足に力を込め、相手を睨みつける。

「ミル姉といいジィト兄といい、格上相手だと本当に攻撃が決まらねぇなあ」

「楽に決めたいってのは一種の逃げだぞ?」

「そりゃあ解ってるというか、そもそも、逃げて良いならもう逃げてるんだよ」

「確かにそうか」

会話で時間を稼ぐ。

そうだよな、長い間待ったんだ、楽しい時間をすぐに終わらせたくないという感情は解るよ。だからこうして乗ってくれる。これくらいで優位は失わない、そう思ってるんだよな。

剣の鏄が広がり、目に見えて根本ががたつく。

——でもな、アンタ、素手で俺の毒に触れられるのか?

待ち侘びた瞬間が訪れる。毒の鎧を可能な限り全力で強化し、薙刀を振り下ろす。

大振りの攻撃はあっさりと避けられる。ジィト兄は反撃を加えようとするも、限界を超えた剣が振り切る前に砕け散った。

薙刀を地面に叩きつけ、反動で切り上げに変える。これもどうせ当たらない。己の腕の影で、柄を握り締めたまま殴りかかってくるジィト兄が見えた。

顎を引き、歯を食い縛る。『健康』に回す魔力も充分、さあ来い!

「せやぁ!!」

咄嗟に身を縮めたのが功を奏したのか、拳は顔には来ず、鎖骨に叩きつけられる。衝撃で膝が崩れ、骨折の痛みに呻きが漏れた。

「離れ、ろ！」

石槍を生み出し下から突き上げる。ジィト兄は身を回転させてそれを捌《さば》き、おまけとばかりに顔面へ肘を入れてくる。薙刀から手を離し、どうにか腕で防いだ。

拙い、脇腹が空いた。

見逃してもらえず、強烈な左鉤突きが肝臓の辺りに刺さる。敢えて踏み止まらず、吹き飛ばされることで距離を作った。

「ぐ、おぇ」

膝が震える。唾液が口から垂れ、喉は詰まり、巧く呼吸が出来ない。

しかしそれでも、『糜爛』の毒を付与することには成功した。ああ、でもここから勝ちに持っていくには、また持久戦だ。

涙で滲んだ視界の隅で、ジィト兄の姿が消える。やりそうなことは解っている。腕を交差して金的を防いだ。だが姿勢を維持出来ず、俺は宙へと蹴り上げられる。

確かに、速攻で俺を仕留めようというのは正しい。しかし、触れたら毒を浴びるという状況で、少しくらいは怯まないものか。

落下しながら、追撃に備える。空中でも身動きが取れない訳ではない。水弾を連射し、その反動で体勢を整えた。ジィト兄も弾幕を突っ切っては来れず、足を止める。

ただでさえ攻撃の為に無理をしているのだ、爛れた腕での防御は出来まい。相手の攻めが減ると、やはり随分楽になる。

「ッ、ア、うぇ」

強い毒を使うことが躊躇われるなら、弱い毒を活かす道を考えるしかない。呼吸を阻害する毒霧を、なるべく広く流していく。

「く、げほっ、チィッ」

魔術が巧く練り上げられない所為で、霧には濃淡が出来てしまう。ジィト兄は隙間を縫うようにして、低い位置から俺に迫った。勢いを利用した水面蹴りが、俺の足首を払う。

避ける余力など無く、俺は地面に転がる。

いかん、倒れたら終わりと解っているのに、立ち上がる力が無い。

水壁を作り、追撃に来たジィト兄ごと己を包む。更に、水へと毒を混ぜ込み、相手の状況を悪化させてやる。

歪んだ視界の中で、なお攻めを緩めないジィト兄が、俺の首へと手を伸ばしたのが見えた。

「ア、ッ――」

喉を締め上げられ、組み上げた魔術が霧散していく。それでも『糜爛』だけは切らす訳にはいかない。俺が窒息するのが先か、ジィト兄に毒が回り切るのが先か。

意識が遠くなっていく。

何か、何か出来ることはないか。

ああ、一つだけ。

手首に隠している魔核が、指に触れる。針状にしたそれを、ジィト兄に突き刺す。もう目は見えていない。どこに刺さったのかは解らない。

ただ、首へ込められた力が強まり——骨が軋みを上げた。

自分の口からもう、気泡が漏れていないことに気付いた。

弟の出来

執務室に籠り、抜けが無いか読み返しながら、確認事項をまとめていく。

隣合っていながら、今までやり取りの無かった伯爵家との交渉だ。やはり最初は円滑に進めたいものだし、友好的な関係になれるよう働きかけていきたい。フェリスがついていた以上、そうおかしな話にはなっていないとは思うが、話は聞いてみなければ解らない。

拗《こじ》れていないと良いけれど。

あれこれと思考を巡らせていると、扉が控えめに叩かれた。

「どうぞ」

「失礼します」

扉の向こうから聞こえてきたのは、グラガスの声だった。真っ先にやって来そうなジィトの気配は無い。不思議に思って魔力を広げてみると、屋敷の奥でどうやら母と一緒にいるらしいことが感じ取れた。

妙に気配が弱い。帰って早々、報告もせずに何をしているのか。

「ジィトはどうしたの？」

「ジィト様は……その、何と言いますか……治療中です」

歯切れの悪い返答に、眉を跳ね上げる。あれだけの強度を持ちながら、何故怪我をして帰って来るのか。

「伯爵家の方々と腕試しでもしたのかしら？」

合同演習に当たって、腕前を披露する可能性はあり得る。とはいえ伯爵家の家臣団の中に、そこまでの強度の持ち主はいなかったと記憶している。あそこは官ではなく民の方に武力が偏っており、守備隊より組合の方に猛者《もさ》が多い。大事なものは自分で守る、というのが考え方の根本にあるらしい。

まあ、私も現場を直接知っている訳ではないし、在野に及びもつかない才が眠っていた可能性はある。ただそれでも、出先で負傷するなど迷惑でしかない。

グラガスの様子を窺うと、やはり躊躇いがちな答えが返る。

「伯爵家では、特に何事もありませんでした。その……相手はフェリス様です」

「……何故？」

口に出しておきながら、理由は察している。どう考えても私とフェリスの決闘に触発されたのだろう。問題なのは、それによって何か伯爵領に悪影響が出ていないかだ。他人を巻き込んだり、物資を破壊していたり、そういった不都合が起きていないかと胸がざわつく。

グラガスは何度か口を開け閉めし、やがて溜息交じりに白状した。

「何故かはもうお解りでしょう？　ジィト様の抑えが利かなかったのです。滞在最終日に、ジィト様がフェリス様に決闘を強要した形となります。私とあちらのご子息であるビックス様が、その場に立ち合いました」

「……あっ、何かしら、急に眩暈がする。続きは父上に報告してくれない？」

「……進めて良いですか？」

もう絶対ろくなことになっていないと予想出来るので、これから先は聞きたくない。打ち合わせの結果だけ教えてほしい。

それでも、グラガスは話を続ける。

「途中経過はさておき、ジィト様が陰術を展開中のフェリス様の意識を奪う形になったので、辺り一面が毒で侵されてしまいました。恐らく目覚めればフェリス様が対応するでしょうが、どういう形であれ、補填が必要になります」

こういう発言をするということは、グラガスでは解消出来ない規模の魔術だったのだろう。フェリスがクロゥレン領の外で、意図的に被害を出すとは思えない。そうせざるを得ないほど、ジィトがフェリスを追い詰めたということだ。

拗れることを心配していたが、それ以前の問題だ。

「で？　フェリスをそこまで痛めつけた馬鹿は、優雅に自分の治療をしていると？」

「優雅ではありませんな。……信じられないかもしれませんが、結果は相打ちでした。ジィト様は重傷を負い、自力で行動出来ない状態にあります」

「はぁ!?」

驚き過ぎて、変な声が出た。

いや、私相手に粘りを見せた以上、そう簡単に負けはしないだろう。それでも、最終的にはジィトが勝つと思っていた。

流れが想像出来ない。

「え、何、どういう展開？」

「序盤はフェリス様が巧く凌いでいました。わざと障壁を切らせて毒を撒く等、駆け引きをしていたのですが、それでも勝負を決めるほどのものではありませんでした。……途中終わるのが惜しくなったのか、ジィト様が戦闘を長引かせようとし始めました。それが完全な失策となりました」

私は前のめりになって、話を促す。

「最初に撒かれた毒によって、長剣は『腐食』に侵されていました。時間経過により長剣は損なわれ、結果、ジィト様は丸腰で毒に突っ込んでいくしかない状態になりました。最後は本気になったフェリス様がジィト様を毒水に引き込み、双方が揉み合って失神です。フェリス様を絞め落とそうとして、腕を針で突き刺されていたので、毒があちこちから浸透したようですね。被害が広がってしまったのはジィト様の所為だと、私は思っています」

「余裕かました挙句、返り討ちに遭ってる気がするんだけど」

「その通りです」

そこまで追い詰められるのも馬鹿だし、本気で殺そうとするのも馬鹿だし、どこから突っ込んだものか……。

本人を責めようにも、治療中とあってはそれも出来ない。感情の行き場を作れず、頭を掻きむしる。

「ジィトに言いたいことは山ほどあるけれど……フェリスは快挙ね」

「色々と工夫して、鉈で一撃当てていましたよ。あの展開は美しかった」

魔術ではなく武術で一撃か。それは本当に素晴らしい。しかし、家を出ると決まって実力を隠さなくなったからか、フェリスは今後について期待感を煽るようになった。魔術師・武術師としての順位は単独強度で決められているが、強度ではなく純粋な強さで比べた場合、フェリスも世界で百位以内に入るのではないだろうか。

思えば、ヴェゼル師も順位を持たない強者だった。あの師弟は解りやすい肩書を持たないのに、異様に腕が立つので性質が悪い。

「何年か経てば、私も負けちゃうかしら?」

「それはどうでしょう。ミルカ様がどれだけ研鑽を続けるかによるのではありませんか」

「今の状況で、それが叶うと思う？　……そろそろ、人材育成にも手をつけるべきだと思ってはいるのよ」

クロゥレン家は元が商人でありながら、外敵から身を守るために武力偏重でやって来たという、歪《いびつ》な経歴を持っている。その所為なのか、文官の数があまり揃っていない。人手が無い以上やれそうな人間が兼任するしかなく、グラガスのような武官が駆り出されることになっている。

当主である私はさておき、文官と武官の領分は分けるべきではないかと、かねてより考えていた。

「正直、守備隊がその辺の魔獣に負けることはもう無いでしょう。他の領地から攻められる可能性も低いし、仮にそうなったとしても私かジィトのどちらかがいればなんとかなる。だからいい加減、文官を増やしたいのよね……出来れば、外部の人間を招聘《しょうへい》するのではなく、領内の人間を使えるようにしたい。早く環境を作らないと、いつまで経っても現場に出られないしね」

本来の流れで行けば、私は現場から離れて管理に回るべきなのだろう。武力に頼らなくても良い状況が増えている以上、より穏便で稼げる事業に手を付け、領地を豊かにしていくべきだ。

だが……自分が前に出る必要が無いと知ってはいても、私は現場に執着がある。後進に道を譲りたいだとか、そんな綺麗ごとではない。私はただ、当主の仕事から手を離し、再び前線に戻るために、文官を必要としている。

自分を錆びつかせるのが嫌で嫌で仕方が無いのだ。

「領内の若手に募集をかけてみましょうか？　人が育つには時間がかかりますし、動くなら早い方がいいでしょう」

「そうね、まずはそこから始めてみましょう。そういえば話は戻るけれど、伯爵家への補填については先方から何か希望はあったの？」

「演習については魔術師を多めに動員して欲しいということでしたが、補填の話は何も。というより、決闘については私とビックス様の間で話を止めてしまったので」

「伯爵本人には話が行っていないと？」

それで帰ってきてしまったのは、かなり拙いのではないか？

内心に冷や汗が滲む。

「ジィト様とフェリス様の両方が死にかかっていたので、ひとまず措いておくことにしたのです。先程も言いましたが、毒そのものはフェリス様が自分でどうにかするでしょうから、こちらとしてはジィト様が暴れた分の誠意を見せる必要があるかと」

「なら、そうね。今回の演習はジィトには療養してもらって、私が直接ご挨拶に伺うことにしましょう。因みに敵は？」

「小型魔獣が多数ということです。フェリス様の話では、果樹園を傷付けないよう、加減が出来る人間が必須だろうと」

守るべき対象に合わせた戦術が必要なのは、言うまでもないだろう。そうなると、私が出ることはそう過剰な判断でもない。父上に雑務を任せる言い訳も立つし、丁度良いだろう。

どうお詫びすべきか、誰を出すべきかとあれこれ悩んでいると、グラガスはそういえば、と言葉を足す。

「交渉の結果ですが、参加者は余っている作物を無償で持って行っていい、という形になりました。フェリス様はこの結果なら多分文句は出ないと言っておりましたが……どうされました？」

「それを早く言いなさい。私が行くわ、全力で」

そんな大事なことを後回しにするなんて、グラガスは話の順番を間違っている。

そして、フェリス。やらかしたことはどうしようかと思っていたが、そういう形で話をまとめてくれたのなら、私は全てを許そう。

上々の着地点だ。この案件は絶対にしくじれない。

手を握りしめ、気合を新たにする。ともすればにやける唇を引き締めた。

ああ、心が躍る。

これだから、現場仕事は止められない。

成人の祝儀

ビックスが焦っているのを見るのも、重傷者の治療に呼ばれるのも久々だったので、内心緊張していた。

普段は来客用として扱われている、伯爵家別邸。その一室で眠っていたのは、まだ年端もいかない少年だった。額の周囲が黒ずんでいる所為でやけに痛ましく見えるが、顔の損傷はそれほど酷くはなさそうだ。

それよりも、奇妙に捻じれた首が気にかかる。

「さて……」

異能に魔力を回す。『鎮静』と『鈍化』で患者が不意に暴れることのないよう挙動を抑え、体表から診断を開始する。ビックスが重症と判断したということは、かなり痛めつけられているのだろう。

心臓に手を当て、薄く深く、ゆっくりと魔力を浸透させていく。うん、まず鎖骨が砕けている。肋骨もだ。後は両腕に罅。そして先程から目を引く首は……、

「うっ、これは」

どれだけの力で圧迫されたのか、喉は潰され、骨が折れる寸前でどうにか保っている。自力で呼吸しているのが不思議なほどだ。何らかの秘薬で、強引に命を繋いでいるのだろう。

慌てて首に手を当て、薬草を練った軟膏を塗りつける。手持ちの薬では劇的な効果は上がらないことはすぐに解ったが、解熱と沈痛作用くらいは期待出来る。あとは魔術による治療を、気力の限り続けるしかない。

正直に言えば手に余る。生かせる自信はまるで無い。医者としての自意識がなければ、もう投げ出していただろう。

しかし、込み上げる怒りが、私をこの場に縛り付けた。

彼が何者か、私は知らない。ビックスの様子からすれば、悪人という訳ではないのだろう。仮に悪人であるとしても、これくらいの年齢の少年が、こうも無残な目に遭う理由が何処にある。

「これは大仕事になるわね」

医者としての矜持？　いいや、違う。

歯を食い縛り、後のことなど考えず、ひたすらに魔力を絞り出す。

眼前の理不尽が、ただただ耐え難い。

◇

意識を取り戻して早二日。

声は嗄《しゃが》れたままだが、立って歩き回れる程度には回復した。医者のシャロットさんが見ると目を吊り上げて怒るので、あまり大っぴらには動いていないものの、まあ不便は無いといったところだ。後は普通に生活していれば、いつもの調子に戻るだろう。

問題となるのは、シャロットさんの監視が厳しすぎて、自由が無いことだ。いい加減頼まれている包丁に手をつけるため、バスチャーさんやアキムさんのお宅へ仕様の打ち合わせに行きたいのだが、それを許す気配が全く無い。一度鉈の手入れをしているところを見つかり、大騒ぎになってしまった。

また不義理を重ねるのは避けたいので、ビックス様に頼んで便りを出してもらったが、果たして彼らは納得してくれるだろうか。

悩ましい。

溜息が漏れる。隠し持っていた魔核に魔力を流し、ひとまず包丁に出来る程度の大きさを目指して育てていく。人が使う物なので、戦闘中のような雑な造りにならないよう、丁寧に形を整えながら作業を進める。彼らが求める方向性が解らないので、この作業も変更が可能な段階までだ。それに、あまり大きくし過ぎると、今度は人目から隠せなくなってしまう。

仕事がまともに進まない。

頭を抱えていると、部屋の近くに気配を感じた。慌てて鞄の中に作業中の魔核を押し込むと、程なくして、ビックス様とシャロットさんの二人が姿を現した。

「体調はどうです？　だいぶ顔色は良くなったように見えますが」

「喉以外は、大丈夫です。そろそろ体を動かしたいですね」

隠れてこっそり柔軟をする、という生活にも飽き始めている。武術強度が下がったからと言って何がある訳でもないにせよ、折角伸ばした数字を落としたくもない。

家から離れたことだし、やりたいことが沢山あるのだ。

「あれだけの怪我をして、まだ懲りないのね」

「あまりじっとしていたら、今度は体が固まって動かなくなりますよ。何事も程々が大事ではありませんか？」

全身の骨を折られ、喉を潰された人間が三日で解放しろと言っている状態なのだから、苦言が出るのは否定しない。ただ、残念ながら手加減という言葉を忘れた人間が多すぎて、俺はこんな状態には慣れ切っているのだ。ミル姉の時に比べれば、こんなもの軽傷の範疇である。

シャロットさんが俺を心配してくれているのは承知しているが、こんなに過保護にされたことも無いので、違和感ばかりが強まっていく。

俺は当たり前の平和というものが解らないのかもしれない。

睨み合いが続く形になってしまった俺達に気を遣ってか、ビックス様が切り替えるように明るい調子で口を開く。

「そういえば、頼まれていた便りですが、あの二人に届けておきました。バスチャー氏は今日こちらに来るという話でしたので、家令がいずれ呼びに来るはずです」

「お話し中申し訳ございません。そのバスチャー様がお着きですが、お通ししてもよろしいですか？」

そうこうしているうちに、当の本人がもう来てしまったらしい。あの人なら確かに、こういう事態ではすぐ動くか。仕事もあるだろうに、身内のゴタゴタに巻き込む形になって、悪いことをしてしまった。

ビックス様が許可を出すと、廊下を慌ただしく走る音が響いてきた。

「おう、フェリス、大丈夫か⁉」

割と大丈夫だが、お偉いさんの前でそっちが大丈夫かと不安になる。無視された形になったビックス様が、苦笑混じりでバスチャーさんを止めた。

「バスチャー殿、少し落ち着き給え。容体はだいぶ良くなったとは言え、怪我人が治療中なのでな」

「うおっ、ビックス様!? 申し訳ございません、大変失礼しました！」

「いや、構わん。それだけフェリス殿を気にかけているということだろうからな」

バスチャーさんは本当に人が良い。俺は彼に頭を下げ、感謝の意を述べた。

「ご心配をおかけして申し訳ございません。仕事の件でそちらに行こうと思っていたんですが、もし良かったら今から話を詰めても？」

「いや、期日を切ってた訳でもないし、俺はどっちでも気にしないけどよ……体は大丈夫なのか？」

「何もしないと感覚が鈍りますからね。少しずつでも働かないと」

バスチャーさんは迷ったようにシャロットさんを横目で見るが、彼女は諦めたのか首を横に振った。

「……無理はするなよ？」

「無理するつもりは無いですけど、働かなきゃ食っていけませんよ」

蓄えがそう多い訳でもなく、伯爵家でこのまま世話になる気も無い以上、どうしたって働かなければならない。ビックス様は治療中の面倒を見てくれるとは言うものの、その間の収入が得られないのだから、結局は後が続かない。今後の生活の為にも、復帰は早い方が良いのだ。

今の俺は貴族の子弟であるより先に、何も持たない小僧なのだから。

「まずは握りから始めますか。バスチャーさん、手を」

意思が固いと知ってか、バスチャーさんは溜息をついて俺に利き手を向けた。俺は両手でそれを掴み、『観察』をしながらゆっくりと確かめる。それから、鞄の中にあった何の変哲も無い木の棒を取り出し、試しに握らせた。

「それが一般的な包丁の持ち手と同じくらいの太さですが、どうですか？　太さ、長さには好みがあるでしょうから、合わせますよ」

「長さはこれくらいで良い。太さはもうちょいあれば嬉しいな。あと、持ち手が滑らない方が俺としては大事なんで、そこをどうにかして欲しい」

「ふむ……」

薄い革帯を棒に巻き付け、もう一度握ってもらう。何度か手を開け閉めし、最終的に頷いてくれたので、太さについてはこれで良しとする。

「滑り止めについては三つ案があります。一つ目は、持ち手を指の形に合わせて軽く凹ませるもの。もう一つは、指の通る輪っかを持ち手につけるもの。ちょっと想像しづらいかもしれませんが……拳鍔《けんがく》ってご存じですか？」

「あの、モノを殴る時に手に嵌めるヤツのことか？　……ああ、あれに刃物がくっ付く感じか」

「そうです。で、最後は一番簡単な、滑りにくい素材で持ち手を巻いてしまうというものですね」

どれにも一長一短があり、個人の好みも大きい。どれが作業に向いているかは、実際にやっている本人でなければ解らない点も多々あるだろう。

バスチャーさんは暫く考えていたが、困ったように首を捻る。

「フェリスならどれが良いと思う？」

「あくまで俺の好みであって、これを選べってことではないんですけど……俺なら、一番最初に話した握りを凹ませるヤツを選びますかね。包丁を掴む、離すってのがやりやすいんで、作業しやすいと思います。次点で拳鍔式。指の一部が覆われているので、逆に包丁が離れません。それに、多少ではありますが手を保護してくれます。滑り止めを巻くのは素材次第なんでなんとも言えませんが、モノによっては臭いが移りそうですし、包丁と持ち手の両方を手入れする必要があるので、人によっては面倒くさいかな？　と」

因みに、作りやすさから行けば三番、一番、二番の並びになるだろう。そこは顧客の要望次第なので、敢えて口にはしないが。

俺の解説を聞いてもなお、バスチャーさんは悩んでいるようだった。

「うーん。バスチャーさんは今回、包丁を何に使うつもりなんです？　でかいのを捌くって言ってましたけど、肉用やら魚用やら、色々ありますよね。用途によって変わってくると思うんですよ」

段取りが前後してしまった。これこそ最初に聞くべきことだ。そこがはっきりすれば、選ぶべきものもある程度はっきりするだろうに。

しかし、それに対してもバスチャーさんは迷いを示した。

「当初は大型獣の解体用を想定してたんだよ。でも、アキムに聞いたんだが……魔核だと柔らかいのに頑丈な包丁も出来るんだって？」

「そりゃまあ、お望みとあらば」

むしろそういう凝った刃物は、魔核の得意とするところだ。

これは俺が不勉強だからとしか言いようがないが、柔らかいのに折れたり欠けたりせず、切れ味も維持出来る、なんて素材は魔核しか思いつかない。魔力による調整次第で硬さや強度を自由に変えられる、という点が魔核の持つ最大の特徴であり、利点でもあるだろう。

目的に沿った鉱物を探すのではなく、目的に見合う素材に変わってしまうという辺り、実に異世界らしい素材だと思う。だが、その自由度こそが彼を悩ませたらしい。

「大型獣の肉を捌くんなら、とにかく頑丈で、骨をぶっ叩いても壊れないヤツが欲しい。けど、柔らかい刃物なんてものが作れるんなら、小型獣相手の作業ももっと楽に出来るんじゃないかと思ってな。最近事務仕事ばっかで視力が落ちてんのか、細かい作業がしんどいんだよ」

なるほど。細かい仕事が楽になった方が良いと承知の上で、以前に見せた鉈の感覚も捨て難いと思っているのか。

それこそ個人の好みの問題なので、自分で決めるべきではないかと思ってしまうのだが……ここで、今までじっと話を聞いていたビックス様が口を挟んだ。

「バスチャー殿としては、どちらにも魅力があって決めかねる、というところかな？」

「ええ、お恥ずかしながら、そうなんですよ」

「じゃあ、いっそフェリス殿に任せてみてはどうだ？　職人側としても、自分で好き勝手に出来た方が、拘りやすいんじゃないか？」

……ほほう。

確かに、最初から最後まで仕事として割り切った作業より、自分の裁量に任されている作業の方が気合は入るだろう。何せ自分の判断でこなす以上、責任も重くなる。

実現するなら面白いし遣り甲斐もある。問題は、普通こんな駆け出しにそんな仕事をさせない、ということくらいだ。

ところが意外なことに、この提案にバスチャーさんは乗り気になった。

「おお、そりゃ良いですね。俺一人だとどうにも迷っちまいますし、フェリスが予算の枠内で全力を出してくれるってんなら、俺は一向に構いません」

「ほ、本当に良いんですか？　そりゃ適当な仕事をするつもりはありませんけど、軽く決め過ぎじゃあ」

内心焦る俺に、バスチャーさんは軽く笑って見せる。

「まあ、成人したご祝儀みたいなもんだな。ただし、前金は払わんぞ。あくまでモノを俺のところに届けたら、支払いはするからな」

その気風の良さに感化されたか、ビックス様まで声を上げて笑う。

「ハッハッハ、なるほどそれは良い。そういうことなら、私も責任を持って監督しよう。倒れるような無理はさせませんし、途中で投げ出すことも出来ませんからな！」

大体一か月分の収入に当たる高い買い物なのに、手放しで仕事を任されてしまった。しかもビックス様が監督するということは、作業期間の衣食住を引き続き保証する、ということだ。

そんな都合の良いことがあるのか？

驚きで返答に詰まっていると、バスチャーさんが俺の肩を少し強めに叩く。

「傑作を頼むぜ」

「……承りました！」

そうまで信用してくれるのだ、応えなければ嘘だろう。

やる気が漲る。早く作業に手をつけたい。

体内の魔力が呼応するように、渦を巻いた。

腕を振るう

閉店間際の微妙な時間に、息を切らしてアキムはやって来た。空席に座って酒を一杯頼むと、手招きで俺を呼ぶ。

フェリスの怪我の話を聞きはしたものの、抱えている仕事から手を離せる状態ではなかったのだろう。詳細が解らないと、どうしたって気を揉んでしまうものだ。

「おう、終わりがけにすまんな。アイツの話聞いたか？」

「俺んとこにも使いが来たぞ。取り敢えず今日行って来た。喉はまだ駄目っぽいけど、便りにあったよりは元気そうだったな」

「そうか、それなら良いんだが……結局、何があったんだ？」

首を傾げるアキムに、詳しくは解らないがと前置きをして、伯爵邸で聞いた話を語る。

自分で説明しつつも、決闘で死にかかるとか意味が解らんなと思った。

それはアキムも同じだったらしく、傾げた首が戻ることはなかった。

「俺ぁやっぱり貴族の風習ってのがいまいち理解出来んようだ」

「そりゃ俺もだが、多分おかしいのはフェリスの兄ちゃんだぞ。やっぱり世界に名を馳せるような人間てのは、どっか違うんだろうなあ」

会ったこともない人間を悪し様に言うのも失礼な話だが、普通は憎くもないのに身内で殺し合うようなことはしない。武で成り立つ家は戦いを旨《むね》とするにせよ、相手は選ぶべきだろう。殺されそうになったにも関わらず、特に気にしていないフェリスも大概だ。

アキムは届けられた酒を舐めながら、疲れたように溜息を漏らした。

「まあなんだ。俺らが貴族になることは絶対に無いし、そこはもう良いや。知らん。んで、アイツは何か言ってたか？」

「体が鈍って仕方無いって言うんで、包丁の話を詰めてきたな」

「ああ、作業そのものは出来そうなのか」

「……シャロット先生が恐ろしい顔をしてたから、本当は駄目なんだろうなとは思う。けど、止められないだろうな。何せ、働かないと食っていけない訳だし」

いくら貴族だと言っても、生きている限り金は使うし、その分減っていく。フェリスも自分から家を出ておいて援助を求める真似はしないだろうし、働かない時間が長引くほど詰みが近づく。

腕一本で食っていくなら、若い時ほど立ち止まっていられない。だから、フェリスがあの状態でも働きたがるのは、人としてはどうかしていても、職人としては正しいのだ。時代が変わり、俺たちの若い頃よりは生活が楽になったとしても、職人はモノ作りからは逃げられない。

そういう面からすれば、俺達もどこかおかしくはあるのだろう。

「若手が食っていくには、色んなものが必要だよなあ。うちは徒弟制度を利用してるから、そこまできつくもないんだろうが」

「お前も時間が出来たら、アイツに仕事頼みに行けよ。因みに俺は好きなようにやれと言ってきた！」

柔らかく撓《しな》る包丁は作成が難しいと聞いていたのに、フェリスはそう捉えてはいないようだった。あの出来映えの鉈とその態度で、俺は全てを任せられると判断した。あいつなら、期待に応えてくれるだろう。

どんなものが出来るかと想像するだけで楽しい。一点物の新しい道具というものは、心を躍らせてくれる。

一人でほくそ笑んでいると、アキムは渋い顔で酒を飲み干した。

「お前なあ……若手をあんまり甘やかすなよ。確かにあの鉈は尋常じゃなく良いモノだったとは言え、あれで何年もかかってるだろう。それに、ヴェゼルさんの指導はもう無いんだぞ」

「全部解ってて任せてるから大丈夫だ。俺にとっては一種の成人祝いだし、話を聞いて尻込みしなかっただけで充分だよ」

成人祝い、という言葉でアキムの動きが止まる。どうやら、その発想は無かったらしい。俺からすれば、成人したと思ったら立て続けに死にかけるようなヤツは、ちょっとくらい報われるべきだと思う。

「お任せ仕事をさせる言い訳はあるか……うーん、いや、まあいずれにせよお前の方が先だしな。それを見て判断しよう。鉈以外の腕前は知らんし、俺も若い弟子を持つ職人として軽々しい発注は出来ん」

弟子にすら任せてない仕事を、腕前を知らん相手に依頼するのは、指導者として確かにやってはいけないだろう。それはそれで正論だ。

ただ自分で口にした以上、出来が良ければ年齢に関わらず依頼するべきだろう。

「まあ……何かしてくれそうな期待感はあるぜ？　お前はそれを見て、ゆっくり判断すりゃいいさ」

俺は背負ってるものが無いから、好き勝手に出来るだけだ。周りに気を遣わなきゃいけない奴は、後からついてくれば良い。

たとえどういう結果になったとしても、俺は俺の勘を信じる。

◇

ああも無条件で信じてくれるのなら、応えなければ男が廃《すた》る。

自分にそんな人情噺に出てきそうな情熱があるとは知らなかったが、そういう気持ちになってしまったのだから仕方がない。俺は恵まれている。

「さて……」

そうとなったら、早速仕事に取り掛からねばならない。

不安だった首の状態も落ち着いている。喉は嗄れても作業に支障無し。肩は回る。腕も動く。身を捻ることも出来るし、視界もはっきりしている。

机の上も片付いている。シャロットさんの薬湯良し。魔核は手持ちがある。満腹感に邪魔されないよう、食事の支度は断った。どうしようもなく腹が減ったら、伯爵家本宅で食事をいただくことになっている。

作業を滞らせるものは何も無い。では何を作るべきか。

まず、用途は小型獣の解体とする。本人はお任せと言ったが、柔らかく撓る包丁に関心があるのなら、それを体験出来るものが良いだろう。大型獣用の刃物は今まで散々扱ってきているはずだし、俺も相手を驚かせるような工夫は浮かばない。

色々考えた結果、安直とは知りつつ骨スキ包丁を作ることとした。刀身は細身で柔らかく、狙った所へ澱《よど》み無く入り込む――それでいて頑丈な包丁。

そして、持ち手の部分はバスチャーさんの手の形に合わせ、更に滑り止めとして細かい格子状の飾りを入れる。

これを目指すべきものとする。

最初に持ち手から取り掛かる。まずはバスチャーさんに手渡した棒を基準に、魔核へと魔力を流し入れる。小石程度の大きさの核を、徐々に肥大させていく。名工と呼ばれる方々は最初から目的の形に沿うよう、形を整えながら体積を増やしていくらしいが、俺にそんな技術は無い。

完璧なものを少しずつ形成するのではなく、まずは大雑把に形を作っておき、最後に調整を加える。魔力を余計に食うやり方なので敬遠されているようだが、俺は魔力を多少使ったところで苦ではないので、慣れた手段で事を進める。

では気合を入れてどんどんと。

「ちょっ、何してるの!? 待ちなさい待ちなさい待ちなさい！」

気分が乗ってきたところで、シャロットさんが現れた。戦闘時と違い特に周囲に気を配っていないので、魔力が外に漏れてしまったのだろう。魔核職人は魔術強度の低い人間と結婚しろ、なんて言葉があるくらい、敏感な人間には気になってしまうらしい。これは俺が夢中になり過ぎた。

大したことでもないのに、工程の最初から驚かせてしまった。

「すみません、魔核の加工中です」

「えっ、魔核の加工ってこんな感じなの？ とんでもない魔力が部屋から溢れてたけど」

環境の問題もあるが、それは俺が気を遣わなさすぎなのと、何より未熟な所為だ。

「本当なら誰もいない場所でやるのが、当たり前っちゃ当たり前です。吃驚《びっくり》する人がいますからね。もうちょっと俺の方で気を付けますよ」

「あの量の魔力を扱って平気なの？」

「平気ですよ。その辺は慣れですかね、続けてれば嫌でも魔力量は増しますから」

一日中魔力を核に込めながら加工を続ける仕事であるため、魔力量に乏しい人間には出来ない仕事だとも言える。俺は周囲に娯楽が無かったため、小さい時から魔核をずっと弄っていた。粘土遊びのようなものだったのだ。今思えば、魔力量が増えたのはその所為だろう。

軽い謝罪の後、今度はあまり外に漏れないよう魔力を練り上げる。何故かシャロットさんは、唖然とした顔つきでこちらを眺めていた。

「貴方、成人したばかりよね？」

「そうですよ？」

「クロゥレン家の英雄と決闘するだけあるのね……それだけの魔力を平気で扱える人間なんて、初めて見たわ」

「いや、それは仕事の内容が特殊過ぎるから、知らない人にはそう見えるってだけですよ。これくらいいなら割といますって」

師匠、姉弟子、ミル姉、グラガス隊長――交友関係の狭い俺でも、四人は挙げられる。

だが、俺の言葉を信じられないのか、シャロットさんは唇をひん曲げて吐き捨てる。

「子爵領がおかしいんじゃないの？　貴方の身内を挙げられたって、そりゃそうだろうなってしか普通は思わないからね」

「強度的におかしいのは二人だけの筈……」

姉兄のことを持ち出されたら、俺には何も言えない。

それよりも、一連の遣り取りでちょっと気になる点があったので、少し話を変えた。

「そういや、一応聞いておきたいんですけど、シャロットさんってこの領を出ることってあります？」

「いいえ？　用事も無いし、十年前に一度中央に行ったくらいかしら？」

なるほど、だからか。本人は意識していないようだが、大事なことなので注意しておこう。

「この辺やクロゥレン領は割と牧歌的なんで、あまり例が無さそうですけど……余所の貴族に普段の調子で話しかけると、無礼討ちされることがあるんで気を付けてくださいね」

「え？　何それ？」

「いや、貴族は理由があれば平民を罰して良いことになってるんですけど、気分を害した、ってのも理由になっちゃうんですよ。中央に近づく程気位が高い貴族が増えるんで、相手は見てくださいねって話です」

平民を簡単に殺してしまうと、長い目で見た時に問題が増えそうな気がするが……やる奴は簡単にやる。そして恐らく、シャロットさんの人柄は好かれるか嫌われるかの二択だ。外れを引いた時が怖い。

この指摘に対し、シャロットさんは急に慎重な様子でこちらを窺った。

「……私、失礼だった？」

「素がそれなら俺は構いませんよ？　ただ、伯爵家に出入りしていると、誰と会うか解りませんから。一応言ってみただけです」

「そ、そうなんだ。そっか……気を付けるね」

理解はしてもらえたものの、見るからにシャロットさんの気分が落ちてしまった。重く取り過ぎてしまったか。

慰めることを諦め、俺はシャロットさんへと余っている魔核を放り投げる。緩やかな弧を描いて、小さな魔核は彼女の掌に収まった。

「ちょっと気分転換にどうです？　魔核を使ったことってありますか？」

「見たことはあるけど……扱うのは初めてね。これに魔力を込めてるの？」

「そうです。大きくなるよう意識しながら魔力を込めると、それに従って大きくなります。魔力量を伸ばしたいなら、寝る前にでも余った魔力を込めたりすると、結構良い訓練になりますよ」

多くの医者が薬による治療を専門としている中、シャロットさんは魔術治療も扱える珍しい人間だ。そういう技術の持ち主であれば、魔力量は伸ばしておいて損は無いだろう。

シャロットさんは興味深げに魔核を転がしていたが、やがて決心したのか不意に魔力を練り始めた。整った流れが生じ、掌と核の間を結んでいく。

魔力量は足りていないものの、無駄はほぼ無い。気合が変に空回っていた俺よりは適正な工程だ。素直に感心してしまう。

「お、巧い。やっぱり仕事で魔力使ってる人は、最初から違うんだなあ」

「あら、才能ある？」

「あります。大きなモノを作るにはもっと鍛えなきゃいけないでしょうけど、小物なら綺麗な出来になると思います」

初心者にも関わらず、真っ当な職人と同じような工程を踏めるシャロットさんは、加工者としての才能がある。今更仕事を変えたりはしないだろうが、新しい趣味として始めるのは良いかもしれない。

人の作業もたまには確かめてみるものだ。自己流でやっているから、こういう他人の作業には新しい発見がある。

戦闘に利用するため、なんでも良いからとにかく速く、というのが悪癖になってしまっているようだ。最終的に調整をするとはいえ、師匠がもう少し丁寧にやれと苦言を呈した理由がよく解る。

どうせ監視がつくのであれば、シャロットさんと一緒に作業をするのも悪くなさそうだ。

「ずっと俺の横に控えてるのも退屈でしょ？　魔核はまだ余分がありますし、暇潰しにどうです？」

作業中の魔核を掲げ、今度は漏れないよう綺麗に魔力を流し込む。足元から登った魔力は螺旋《らせん》を描き、持ち手へ帯のように巻き付いた。それと同時、今まで滑らかだった表面に細かな溝が生まれだす。

うん、これは良い感覚。というか、これが恐らく正しい感覚。

「やっぱりサボるとダメなんだなあ」

一日休むと自分に解る、二日休むと仲間に解る、三日休むとお客に解る、だったか。身につまされるものだ。先程とはまるで違う魔力操作に、シャロットさんは目を丸くする。

「そんな落ち着いた制御が出来るのに、さっきは何であああも荒ぶってたの？」

「調子が狂ってた……んでしょうねえ」

久々の作業ではしゃいでいた感は否めない。感情に正直であることと、落ち着きがないことは同列にすることではない。

成人したということと、自分が大人かどうかということは別の話なのだなあと、当たり前のことに気付いた。

忍び寄るもの

最初の印象は良くなかったものの、話してみれば意外と周りに気を遣っている。医者の目で見ると厄介な相手だが、一人の人間として接する分には好ましい。現状の評価はそんな感じだろうか。同年代の少年たちに比べれば、目上に対しての態度が熟《こな》れている気はする。多分、貴族として生きてきた時間と、職人として生きてきた時間とが、巧く彼を成長させてきたからだろう。我侭《わがまま》でもなく謙虚でもなく。自分というものを持ちつつも、ある程度抑えた生活をしていなければ、ああいう態度にはならないのではないか。

予後観察の必要があるという話になった時は気が重かったが、思ったよりは気詰まりしない。

少なくとも、退屈はしていない。

指先ほどの大きさから丁寧に育て、今では掌くらいになった魔核を転がしながら、そう嘯《うそぶ》く。

彼ほど簡単に大きさや形を変えられはしないものの、やればやっただけ変化していく様は、徐々に愛着へと繋がっていく。魔核はかつて遊び道具だったのだと彼は言ったが、なるほど、飽きない人ならばこれで遊んでいられるだろう。

どうしても魔力量が必要になるので、普通の子供なら途中で投げ出すと思うが。

「さて……」

「ん、時間ですか」

「そうね。私はもう行くけど、無理しないのよ」

「承知しております」

笑い合って別れる。今日と明日は久し振りの休日だ。ビックスから監視の指示が出ているとはいえ、ずっと一緒にいることを強要されている訳ではない。私にだって自分の時間は必要だし、フェリス君が仕事を投げ出すとも思えない。多少ならば目を離しても大丈夫だ。

何をして過ごそうかと、心を躍らせて町を歩く。久々に外食するのも良いかもしれない。

そうしてあれこれ考えていると、ふと、少し離れたところで人が騒いでいることに気付いた。何人かの集団が輪になっている。穏やかではない雰囲気に、足を急がせる。

「……何だってこんなことに……」

「いや、あれは流石に……」

内容が解らない。

軽く飛び跳ねて、人垣の向こうに目をやる。慌ただしく上下する視界の中に、倒れた男性と血溜まりが見えた。

「どうしたの⁉」

「ああ、シャロットさん、丁度良かった！　今、人をやるところだったんだ！　メルジのヤツが魔獣にやられちまったんだよ！」

悲鳴のような声に息が止まる。メルジさんは守備隊の中でも上位の人だった筈だ。

人ごみをかきわけて輪の中に踏み込むと、太腿を大きく切り裂かれ、苦しげに呻くメルジさんが倒れ伏していた。

いけない。

持っていた手ぬぐいで傷口を押さえつけ、『鎮静』を発動する。……異能は確かに発動しているのに、まるで血が止まらない。

「誰か手を貸して！　私の代わりに傷口を押さえて！」

私の叫びに、立ち尽くしていた何人かが協力に名乗り出る。守備隊の人間がこんな大怪我をするようなことは、今までほとんど無かった筈だ。

魔力を注ぎつつ、改めて傷口を眺める。厚手の下履きを苦にもせず、骨が覗くような深さまで斬られている。記憶の中にある、どんな魔獣から負わされたどの怪我とも一致しない。

焦りから、冷や汗が浮かんでくる。

これは拙い。私で、対処出来るか？

◇

四日が経過し、流石に俺も感覚を取り戻してきた。他人に教えながらの作業でも、意外と滞りなく進められている。

柄の部分の装飾は終わり、刀身も長さは確保出来た。後は性質変化で頑丈さと柔らかさを両立させ、最後に刃付けをして終了である。丁寧にやるなら後三日といったところか。

進捗も出来映えも悪くない。もしバスチャーさんに会うのが遅れるようであれば、その間は魔力を込め続けて靭性を高めたりしていれば良いだろう。

仕上がりまでの標準的な時間がいまいち解っていなかったりするのだが、七日ならまあ許されるだろう。いずれにせよ滞在期間を考えれば、そう悠長にしていられる訳でもない。

さて、今日も地道にやりますかね。

「フェリス殿、おりますか⁉」

肩ならしで柔軟をしていると、ビックス殿が息を切らして部屋に駆け込んで来た。俺は半端な姿勢で止まったまま、何事かと首を捻る。

「そりゃいますけど、どうしました？」

「シャロットが呼んでおります。うちの守備隊員が魔獣に襲われ負傷しました。別室におりますので、手を貸していただけませんか！」

休みだと出て行ったかと思えば、あっと言う間に出戻りか。シャロットさんも気の毒に。しかしそういう事情であれば、こちらとしても行かざるを得まい。呼ばれるがまま、階下の一室へ二人で走る。中へ飛び込むと、必死で魔力を練り続けるシャロットさんと、横になりながら虚ろな目で天井を睨む男性がいた。

出血量が多いのか、男性の顔色が拙いことになっている。しかし、シャロットさんの腕ならばある程度の処置が出来ていてもおかしくはない筈だ。何が起きている？

「フェリス君、魔力を、魔力を補って……ッ」

焦りに満ちた声が俺を呼ぶ。

シャロットさんの手元を覗き込むと、淡く輝く治癒の魔術が、薄い膜となって傷口を覆っていた。至極真っ当な術式だ。しかし、傷口はそれを無視するかのように、まるで変化を見せない。

その光景に、どこか馴染みのある印象を受ける。

「……ちょっと待ってください」

違和感を覚え、『観察』を使用。目を凝らすと、骨の周りに微かな靄が確認出来た。なるほど、馴染みがある訳だ。かなり巧妙に隠されているが、陰術による呪詛だな。

「シャロットさん、治癒を止めてください。そのままだと治りません」

必死になって傷口を押さえる彼女の手を、どうにか引き剥がす。血で滑る傷口に指先を突っ込み、陰術を打ち消した。巧みな魔術ではあれど、それほど強いものではないのが幸いだった。この程度なら簡単だ。

「……うん、良し。シャロットさん、今度は効くはずです。行きますよ」

俺が何をしたのか解っていないらしく、彼女は戸惑っていた。それでも、ぼんやりとはしていられない。血に塗れた手を取り、俺はその上から『活性』を発動する。我に返ったのか、彼女は治療を再開してくれた。

ゆっくりと、傷口が修復されていく。

「ああ……ッ」

シャロットさんの口から歓喜の声が上がる。しかし、傷を塞いだだけで、失われたものが補われる訳ではない。状況は依然として予断を許さない。

「ビックス様、造血剤の在庫はありませんか？　無ければ……そうだな、ミジュの葉っぱでもいいいんですけど」

「造血剤は今取りに行かせている。ミジュならこの屋敷にもあったな」

「すり潰したヤツを飲ませてください」

聞くや否や、ビックス様は走り出して行った。

ミジュはとんでもなく苦酸っぱいため気付に使える。血を増やせないなら、患者の意識が失われることだけは避けたい。

ああクソ、こんなことになるなら、母上の講義をもう少し真面目に受けておくべきだった。俺の知識は、転生前に受けた救命講習の内容がせいぜいだ。『健康』があれば自分のことはどうにか出来たから、他人のことをどうすれば良いか解らない。挙句、俺の陽術はどう甘く見積もっても中級者の枠を出ない。

シャロットさんも呪詛を相手に無駄な魔力を消費しているため、息が上がってしまっている。

状況は悪い。それでもやはり、専門家の力が要る。

患者をどうにか出来ないのなら、シャロットさんをどうにかするしかない。

弱めの水弾で、患部と自分達の血を洗う。彼女の背中に手を回し、そちらでも『活性』を使う。単純に負担が倍になるが、魔力量だけなら自信がある。

「シャロットさん、まずは息を整えてください。傷口の呪詛は払いました。血も止めました。次はどうします？」

普通に考えれば不足した血を補うしか無いし、そういう魔術が存在することは知っている。或いは、造血剤が間に合えばそれでも良い。

先のことを考えていると、シャロットさんは一度きつく目を閉じ、大きく見開いた。

「残念だけど、私には造血の魔術は使えない。ビックスが薬を持ってくるまで、繋ぐしかないわ」

「じゃあそれまで繋ぎましょう。何をすれば？」

「体温が下がるのを防ぎたい。彼を温められる？」

ふむ、ならばこれか。

患者の体の下にお湯で水壁を作る。足は高くした方が良いと思い出し、段差を後付で追加した。今更かもしれないが、やらないよりは良い……のではないだろうか。

「次に、呼吸。風魔術は？」

「使えますけど、水ほどではないです」

「余裕があるなら、口元に空気を送り込んで。ごめんなさい、私は『活性』の維持で精一杯……！」

謝るほどのことでもない。風を束ねて管にし、口元に流れ込むよう空気を注ぎ込む。まだ自力で呼吸しているようだし、手助け程度と考えるべきだな。

呼吸、呼吸か……ということは酸素だよな。空気から酸素だけを選別出来るか？　いや、あまり濃度が高いのも駄目だったか。そもそもの原因が出血であるなら、鉄が必要なのか？

状況を改善する策が思いつかない。取り敢えず現状を維持するべく奮闘していると、扉の向こうから力強い足音が聞こえてきた。

「ミジュと造血剤が届いたぞ！」

「ビックス、造血剤を先に！」

「解った！」

ビックス様は水に茶色い粉末を混ぜ、患者の口に流し込んだ。飲み込む力は……無いな。口元から漏れる液体がじれったく、魔力による操作で無理矢理胃の奥へ押し込む。抵抗する動きが無い所為で、体内まで容易に魔術が及んだ。ミジュは……折角飲ませた薬を吐き出してしまう可能性があるな。折角持って来てもらったが、今は保留だ。

暫くそうやって薬を体内に入れ、呼吸をさせ、魔術をかけ……というのを繰り返していると、患者の顔色にようやく赤みが差してきた。経口投与の薬が即効性を持っている辺り、いかにも異世界だなと場違いなことを考える。

「落ち着いてきた……か？」

「山は越えた、と思うわ」

二人とも汗だくで肩を上下させている。緊張感が続いているうちは良いが、そろそろ限界だろう。

「今のうちに少し休憩を取ってください。維持だけだったら暫くはどうにかなります。特にシャロットさんは魔力を回復させてください」

「解ったわ。今だけお願い、すぐに戻るから」

冷静さが戻ってきたか、特に躊躇うことなくシャロットさんは患者から手を離し、部屋を出て行った。ビックス様も俺の言葉に従い、一礼して後に倣う。

あの二人のことだから、回復剤を飲んだらすぐに帰ってくるのだろう。正直俺も一人は不安なので、そちらの方がありがたい。

溜息をつき、改めて状態を確かめる。

骨が見えるほどの傷はもうだいぶ塞がって、太腿には微かな線が残るばかりだ。

「うーん……」

思い出してみる。俺が部屋に入った時は、傷口の修復は出来ていなかった。切断面は綺麗なものだったし、一撃でやられたと見るべきだ。

伯爵領守備隊の採用水準は知らないが、領主お抱えの部隊が弱兵ということはない。触れた感じ体は鍛えられているし、彼は武術強度をちゃんと伸ばしている人間だ。

そんな人間を一撃で戦闘不能にし、回復阻害の呪詛を残す魔獣。少なくとも、俺の知識には該当する魔獣はいない。

「……厄介だな」

足元を見下ろし、床が血塗《まみ》れなことに気付いて顔を顰めた。

動くに動けず、立ち尽くしたまま、正体の解らない相手を想像する。

――伯爵領に、一体何が出たんだ？

職人の評価

伯爵領での作業内容を聞いた二日後、部隊を二つに分けてクロゥレン領を出発した。先行する私とグラガスの部隊に二十名、一日遅れで出発する部隊にも二十名で、演習の参加者は合計四十名に及ぶ。

人数的に私とグラガスは別れて移動するべきだが、フェリスの汚染した土地の場所を知っているのはグラガスだけだ。現場の浄化が進んでいない可能性も考え、道中でそこを確認した後に伯爵家へお邪魔することとした。

どうせ人は歩いていないからと獣車を飛ばし、目的の場所を目指す。

「ミルカ様、見えました。あの一帯です」

グラガスが指差す先に、どす黒く変色した地面が広がっていた。日が経っているのにこの状態ということは、かなりの魔力を込めたようだ。

「何か手を加えた感じはしないわね。フェリスはまだ治療中ってことかしら？」

「あの方ならば、もう復調していてもおかしくはないはずなのですが……」

それについては私も同感だ。フェリスなら意識がありさえすれば、『健康』を使ってすぐに体調を戻そうとするだろう。

「やけに遅い……ああでも、真っ当な医者なら、安静にしろって止めるかもね」

クロゥレン家であれば母上が治療を施し、良しと判断されたらそこで休養は終わりだ。大事を取って、なんて言葉は存在しない。あるのは働けるか働けないかの二択だけだ。

自分で口にしてみて、拘束されている可能性が一番高いと感じる。グラガスも同意したらしく、一つ頷いた。

「なるほど、有り得ますな。しかしそうなると、やはり今すぐ浄化しなければなりません」

「ま、そのために来たんだしね。……本番の前の肩慣らしには丁度良いってことにしましょう」

間違い無く本番よりきついだろうとは知っていても、不始末の処理はしなければならない。

配下に休憩を指示し、離れた場所に陣を張らせる。グラガスに彼らの監督を任せ、汚染された区域に足を踏み入れた。ここから先は私しか入れない。

土地の表面に魔力を這わせ、そのまま沁み込ませるようにして状態を確認する。……うん、地中深くまでは浸透していない。ただし範囲は広いため、それなりに消耗はするか。

追い詰めなければこうはならなかったろうに、ジィトは余計なことをしてくれた。

まったくもって腹立たしい。

長引かせても仕方が無い。大きく息を吸い、魔力を練り上げる。体内で陽術を組み上げ、息吹とともに風に乗せて吐き出す。浄化の渦が地表を舐め、少しずつ本来の自然を復元させていく。

……うん、効果は出ている。しかし、完全な浄化には程遠い。

「魔力量に差があり過ぎるか……」

腕は私が上だとしても、フェリスとて並の魔術師ではない。熟達した魔術師が膨大な魔力を込めた術式は、やはり対処が難しくなる。今消費した私の魔力が約二割で、解呪出来たのが大体三割。一日あれば終わるとはいえ、やり切った後で外交など出来ないだろう。

時間もかかるし気力も使う。

さて、となればここで夜を明かすべきか。それともまずは伯爵領に入ってしまい、宿を確保してまた別の日に改めるか。

考え込んでいると、うなじにうっすらと悪寒が走った。

これは、敵意？

目を細め、周囲を警戒する。直感――勝てない相手ではない。だが、かなり距離があるらしく、何処にいるかが解らない。

「ふうん？」

ここで一夜を明かすのは自殺行為、と。

舌で唇を湿らせる。小物狩りかと思っていたら、なかなか楽しめそうだ。

◇

患者は一命を取り留め、ある程度容態が落ち着いたところを見計らって、一般の治療院へ移送されていった。こちらとしては何が出来たという認識も無いのだが、シャロットさんと本人が偉く感謝してきた所為で、去り際は却って居心地が悪かった。そういう称賛は頑張った人間に対してこそ与えられるべきで、何となくその場にいただけの俺にはそぐわない。こちらからすれば、単に知識不足を自覚しただけの話だ。

母上も本腰を入れて指導はしてくれなかったし、俺もそう必要性を感じていなかったので、医学には真面目に取り組まなかった。もう子爵領で教えを乞えないとなると、惜しいことをしたように思う。

まあ、何でも自分で出来ると思うことこそ、烏滸《おこ》がましいか。

「それよりもまずは本業かねえ」

魔獣騒動で多少先送りになっていたものの、バスチャーさんの包丁は出来上がった。我ながらなかなかの出来映えで、無駄な時間をかけずに仕上げられたように感じている。後はこれからやって来る本人に確認してもらい、必要に応じて微調整を加えれば終わりだ。

考えてみれば、一点物の依頼をこなすのは初めてだ。納品間近になって、柄にも無く緊張してしまう。

鞘から包丁を引き抜き、改めて刀身を『観察』する。手慰みに魔力を込めて質を高めながら、何か見落としが無いかを探り続ける。

初めての仕事でコケたくはないし、認めてくれた人には応えたい。不安な反面、どうしようもなく評価を気にしている。

組合を通じて何度も仕事はしているし、納品だって初めてではない。なのに、こんなにも自分を制御出来ないとは思っていなかった。ある意味では姉兄と戦う前より緊張している。

何度見たって、出来映えが劇的に変わったりはしない。

「フェリス様、よろしいですか？」

「はい？」

扉の向こうから、家令さんの声が聞こえる。

「バスチャー様をお連れしました」

来てしまった。まず深呼吸をする。

さあ、お待ちかねの時間だ。一度包丁を鞘に仕舞い、魔力で封をした。

「ありがとうございます、お手数をおかけしました。どうぞお入りください」

固い唾をどうにか呑み込んだ辺りで、バスチャーさんが笑いを浮かべながら中へ入ってきた。家令さんは扉の隙間から一礼をして、優雅に去っていく。

「すっかりここの主だな」

「そういうつもりじゃないんですけどね。伯爵家の教育がそれだけ行き届いているんでしょう。……では、早速ですが、見てもらってもよろしいですか?」

「ああ、俺も早く見たいよ。こっそりだけど、試し切り用の肉まで持ってきちまった」

バスチャーさんは持っていた鞄を開けると、葉に包まれた塊を覗かせた。あまりに準備が良くて、俺まで笑ってしまう。

ここまで期待されているのならば、焦らす訳にはいかないだろう。

「では、どうぞ」

先程鞘に戻したばかりの包丁を、我ながらぎこちない動きで手渡した。バスチャーさんは一度目を閉じて魔力の封を破ると、ゆっくり包丁を引き抜く。

握りを確かめ、刃を水平に保って眺め、裏返し、上段から下段へと振る。勢いに負けて持ち手がぶれるようなことは無かった。

「すげえ手に馴染むな。振り下ろしてもずれたりしないし、吸い付いてくる。……柄の部分だけで金が取れるな、これは」

「ならそこは大丈夫ですね。じゃあ、次は肝心の切れ味ですか」

「おう、そうだな」

俺の言葉に、バスチャーさんはさっきの肉を取り出す。正体がよく解らないが、取り敢えず骨が多いことだけは確かだ。

「何ですかそれ」

「ポスピルってな。こっちじゃあんま流通してないはずだ。脂っ気のない、しっとりした赤身が特徴で、焼くと旨《うま》い」

聞けば、共和国の方に生息する駝鳥のような生き物らしい。味が気になるものの、それも巧く捌けてこそだ。

固唾を呑んで作業を見守る。尖らせた先端が肉にすっと滑り込み、骨の並びに沿ってしなりながら先へ。バスチャーさんの腕に力みは感じられない。包丁はそのまま、骨の通りに合わせて澱み無く進んで行く。

やがて包丁は、骨を削ることも無く、肉だけを綺麗に切り離す形で端まで行き着いた。

大きく息を吐き出す。自分の想定する及第点は超えた。

肉の断面を指でなぞりながら、バスチャーさんは何度も大きく頷く。

「如何なもんでしょう」

「……うん、何だこれ、楽しいな！　撓る包丁ってこんな感じなのか、素晴らしいじゃないか！　うわあ、これは良い買い物をした!!」

感極まったらしく、バスチャーさんは俺の手を取って何度も上下に振り回す。安心感が過ぎ、ようやく喜びが俺にも湧いてくる。

「喜んでもらえて何よりです」

「喜ぶよこんなもん、お前やるなあ！　良い出来だよ本当に。そういや、これだけやれるってことは魔核加工で階位はもう持ってるのか？」

「一応第五です」

「第五ってお前、もう中堅じゃねえか！　ええ？　成人したばっかだよな？」

「まあ……十二の頃から暇を見つけては消耗品を納めてましたしねえ……」

師匠の教えの一つに、時間を区切ってとにかく作れ、というものがあった。魔核は魔力を込めるほど質を上げられるため、ある意味で作業に終わりが無い。だからこそ、一定の製作速度と質を保つ訓練をしろという話だった。

腕を磨きつつ金を稼ぐなら、組合へ定期的な納品をすれば良い。低階位者のうちは、期日内に物を作って納めるだけで実績として計上される。初心者が相手だからか、品質もあまり求められなかった。

何を納めても金になると調子に乗り、釘や針を作りまくった頃が懐かしい。

俺の認定具合について、バスチャーさんは素直に感心していた。

「俺は調理の分野しか認定知らないからなあ。お前くらいの年だと、何の認定も受けてない奴の方が多いぞ」

「あ、俺実は結構認定持ってるんですよ」

資格取得が趣味という訳でもないが、必要上あれこれと認定を受けてはいる。

「何持ってるんだ？」

「狩猟、解体、調合、調理が第四ですね。魔核加工と錬金が第五です」

「……お前、何なの？　才能が無い奴を笑うのが趣味なの？」

どんな言い様だ。

「そんな歪んでませんよ。単に、家の仕事の延長です」

守備隊に混じって訓練に参加すると、魔獣を狩りに行くことになる。道中で薬草を採取し、怪我に備える。魔獣と出会えばそれを狩り解体後に調理して食べる。素材を無駄にしないように、余った骨やら何やらを錬金で変性させ、細々とした物を作る。

主としている魔核加工以外は、食い扶持を増やすためと、生活上必要だったから認定を受けたのだ。

因みにジィト兄は解体の第六、父上は運送の第八を持っている。商人から成り上がった父上はさておき、俺と兄は領主にならないと決まった時点で、何かしらの箔付けが必要だったと言えるだろう。

その辺の説明をすると、バスチャーさんはえらく渋い顔でこちらを眺めた。

「貴族は苦労もせずに贅沢してる、って向きがあるが、少なくともお前んとこは違うな」

「使えない土地を押し付けられただけの弱小貴族なんて、そんなもんですよ。五体満足で食っていけてるんで、マシな方ではあるんでしょう」

現状を辛いと感じている訳でもないし、特に文句は無い。基盤はある程度出来ているのだ、後はミル姉が無難な形で伸ばしてくれるだろう。

とまれ、話が脱線してしまった。そんなことより包丁だ。

「うちのことはひとまず置いておきまして。その感じだと、修正は不要ですか？」

「おう、充分過ぎる。これ以上を求めたら罰が当たるな」

「いや、罰とかは別にいいんで、何かあるなら今のうちに言ってくださいね。俺もあと半月すればここを出るでしょうから」

何度か突っついてみたが、バスチャーさんに不満は無いようだった。満面の笑みの彼から、当初の予定よりも多い四十万ベルを受け取った。

「良いんですか？　本当に」

「五十万でも不満は無い。無いけど、あんまり出すと家族に怒られるから……」

高評価の反面、何だか思ったより世知辛いことを話されてしまった。取り分が増える分にはこちらは問題無いとしても、彼は大丈夫なのだろうか。

返す訳にもいかず、俺はひとまず曖昧な笑みで包丁に再度封をした。

微妙な雰囲気を残しつつも、満足の行く仕事が一つ出来た。

拳を握る

「初めまして。クロゥレン家当主、ミルカ・クロゥレンと申します」

応接室で二人、格上の貴族と向かい合っていると、自分も偉くなったものだと錯覚する。役職がついたからと言って、自分が大きく変わる訳ではない。変わるのは周りからの目だ。ある意味では、それに対抗するために自分というものが変質していくのだろう。

では、伯爵は私をどう捉え、私はどう動くべきか。益体も無いことを考えつつ、頭を下げる。

バルガス伯爵は予定より早く参集した私たちに苦言を呈することもなく、朗らかに笑って迎え入れてくれた。

「バルガス・ミズガルだ、当家へようこそ。当主自ら演習へ参加してくれるとは、まことにありがたい。東側の別邸を開放しておいたので、滞在中はそちらを利用してくれたまえ」

「ご歓待いただきありがとうございます。聞けば、弟がご厄介になっているそうで」

伯爵邸へ到着した際に、ビックス殿からフェリスの話があった。何でも療養という名目で、寝食を世話になっているとのこと。確かに最初は医者がフェリスを止めたそうだが、今となってはそれもなあなあで済まされているようだ。

回復しているなら連れ出そうかと考えたものの、ビックス殿はフェリスを気に入ったらしい。本人達が納得してのことなら、私が口出しすべきことでもないのだろう。

伯爵は私の言葉に、鷹揚に頷いた。

「フェリス殿か。どういうやり取りがあったのか知らんが、ビックスは彼と交流するようになって、少しは思慮深くなったようだ。それだけでも、当家を利用してもらうだけの意味はある」

「タダでお世話になるのもなんですし、使えるうちは使ってやってください。成人したばかりとはいえ、独り立ちしたのならせめて宿代分くらいは働くべきですから」

少しくらい役に立ってもらわなければ、こちらの面目が立たない。それに余所の貴族との対応に慣れておけば、フェリスの今後にも繋がることだろう。

どうせ間もなくここを出るのだろうし、フェリスならとんでもない粗相はするまい。

「ミルカ殿は厳しいのだな」

「そのようなつもりはありません。弟は立場に頼らずとも生きているだけの才覚があると、信じているだけです」

口にはしないけれど、あれはクロゥレン家の最高傑作だ。汎用性において、今後もうちの血筋で彼を超える者は出ないだろう。

私はただ薄く笑んで、伯爵を見返す。相手は一瞬虚を突かれたものの、すぐに笑みを返して寄越した。

「なるほど、なるほど。確かに、フェリス殿であればそう心配は要らんか。……さて、では折角早く来てくれたのだから、本題を先に進めようか」

「ええ、そうしましょう」

私達は演習についての細かい部分を調整し、お互いの役割についてまとめ合った。人員の配置は想定内、相手の数や戦い方も予習した通りだった。

であれば、懸念事項は一つだけ。

私は、道中で出会った妙な気配についての話題を挙げた。知覚範囲外から、殺意をぶつけて来る謎の魔獣。頭が良いのか、警戒心が強いのか——最後までこちらに近付いては来なかった。

「最近、領内に大物が出ているのではありませんか？」

「耳が早いな。こちらでもつい先日存在を把握したばかりで、まだ詳細は解っていない。ただ、うちの守備隊の人間が一人やられている」

「その方の強度をお伺いしても？」

私のような順位表に名のある人間はさておき、配下の強度を勝手に公開しろというのは、酷く不躾な行為だとは知っている。それでも民間人に被害が出ることを考えれば、訊かずにはいられない。

伯爵も同じことを考えたのか、悩んだ末に重い口を開いた。

「大体だが……武術が３５００、魔術が２５００、と言ったところだ。因みに、腿を切り裂かれて、傷口には呪詛が仕込まれていたとの報告があった」

総合強度で見ればサセットの一段下、というくらいか。一般的な領地なら小隊長かそれより上……少なくとも弱兵ではない。

「どういう敵だったかのお話は？」

「咄嗟だったので、全体を詳しくは見ていないようだ。ただ、黒毛で大きな角が生えていたことだけは記憶にある、と言っていたな」

なら単純に考えて、呪詛を乗せた角で攻撃してきた、ということだろうか。武術強度が一定以上ある人間が捉えきれないとすれば、それなりに速さもあると。

全方位を警戒しながら動けば、不覚は取らないな。

「如何なさいますか？　道中殺気を感じましたが、あれは逃げ隠れするのが巧い。相手を殺すまでに、被害が出る可能性は高いかと」

「やはりか。……ではミルカ殿、そいつの相手をお願い出来まいか？　うちの兵ではやられる奴の方が多いだろう」

ふむ、素直に頼って来たか。

感覚的に容易な相手ではある。しかし、他家の当主に命を賭けろとは。

どういう意図があるのか読めない。単に私ならどうとでもすると思っているのか、それともこちらを害するつもりなのか。

解らないのは事実として――どちらに転んでも、面白い。

「そうですね。今回の演習では素敵なお土産をいただけるというお話でしたし、こちらで受け持ちましょう。ただ、状況によっては素材は取れないということだけはご了承ください」

「それは構わん。民への被害が減るのであれば、そんなものは二の次だ」

私は民ではないから、三の次くらいかしら？

邪推に笑みが零れる。現場はやはり、退屈しない。

◇

ビックス様より、クロゥレンの守備隊が現地入りしたとの話があったのは、早朝のことだった。随分到着が早いと訝《いぶか》しんだところ、どうやら俺が汚染した土地の浄化のためだったらしい。

ミル姉には悪いことをしてしまった。これは後で何か言われるな。

いやはや参った参った。

「フェリス殿、そんな気楽そうにしていて大丈夫なのですか」

「今更どうにも出来ませんから、別に構いません。多少の小言はあるでしょうが、言われて当たり前ですし」

シャロットさんに、領地の一部を毒塗れにしたことを言う訳にも行かない。結局のところ、俺もビックス様もすぐには外出の理由を作れなかったし、これについては過ぎてしまったことだ。甘んじて受け入れるしかない。

それよりも、次はアキムさんの作業だ。どうやら彼は今、演習のための武器を研磨するので手一杯らしく、俺とビックス様が直接あちらにお邪魔することになった。一人で行けるという話はしたが、彼は彼で用事があるとのことだった。恐らく、抱えている木箱の中がその用事なのだろう。

という訳で、アキムさんの工房に辿り着いた。工房とは言いつつ弟子達の居室もある所為で、建物はかなり大きい。

「アキムさん、腕一本でこれを建てるか……」

「我が領でも指折りの職人ですからね。相応のものを持ってもらわなくては」

まあ確かに、腕があれば稼げるということを周知しないと、次に繋がらない。贅沢が出来る、というのは単純な欲求を煽る。夢を見られないなら、下の連中だってやる気が起きないだろう。

そういう意味からすれば、上級というのも柵《しがらみ》が多くて難儀しそうだ。

さて、そんな苦労してそうな御大は何処にいるだろうか。入り口に踏み込み、声を張り上げる。

「すみませーん、どなたかいらっしゃいますかー!」

耳を澄ましていると、遠くから床を大きく踏み鳴らす音が近づいてきた。

「ッたく……あーい！　今行きますよォ！」

返事の前に愚痴っぽい呟きが漏れていたが、こいつ大丈夫か？　他人事ながら、不快感より先に嫌な予感がする。

やがて、髪を短く刈り込んだ、俺と同じか少し下くらいの少年が顔を出した。

「どちらさんすか？　悪ィけど今立て込んでるんで、新規の仕事は受けてませんよ」

頭を掻きながら、こちらも見ずに言い放つ。

これはやばい。

若手が世間も礼儀も知らないのは仕方無いとはいえ、これは貴族の相手をさせては拙い奴だ。横目でビックス様の顔色を窺うも、変化は感じ取れない。むしろ全く崩れない笑みが、不安を助長する。

これは俺が前に出るしかあるまい。

「ああ、仕事の依頼ではないんですよ。そうではなくて、こちらで頼まれていることがありましてね。事前に連絡はしてありますので、アキム師をお願い出来ませんか」

約束はしている。ただ、立て込んでいるなら無理をするほどでもない。会えないなら、バスチャーさんを経由して改めて会うからそれでも良い。

頼む。お前の相手は上位貴族だ。

頼むから、真っ当な対応を取ってくれ。

しかし、俺の内心の願いは届かなかった。

「あン？　アンタ等みたいなのに、師匠が頼み事ねえ？　こっちにゃそんな話通ってねえなぁ」

確信する。この男は、ビックス様が守備隊長であることも、領主の子息であることも把握していない。極狭い自分の周囲以外に目を向けていない人間だ。

致命的な発言に備え、緩めていた拳を握る。

「そうやって師匠と無理矢理に会おうとする奴がたまにいるけど、通さねえからな。全く、このクソ忙しい時期に、人の邪魔を――」

自己判断により、横っ面を殴り飛ばした。少年は床に叩きつけられ、激しい音を立てる。

ああ焦った。心臓が暴れている。

礼儀がなっていない、ビックス様の顔を知らない、依頼主を邪魔者扱いする。一線を越えるどころか、置き去りにしている。

ここまでやられてしまうと、本来なら無礼打ちでこいつの首を飛ばさねばならない。だが、ビックス様にこんな小者のことで手を汚させる訳にも行かないし、かといって貴族としての面子を潰されたままにも出来ない。

決定的な失言が出る直前で間に合って良かった。顔面に一発なら、勉強代としては安い方だろう。

彼は眩暈を起こしているのか、定まらない視線で天井を睨みつけている。ビックス様は苦笑いで、成り行きを見守っていた。温厚な方で良かった。

では次だ。腹の中で練り上げた魔力で、呼吸器を強化する。騒ぎになる前に、もう一度大きく声を張り上げた。

「おい、誰かいるかァ!! 出て来ねえならこっちから行くぞォ!!」

完全に気分はヤのつく自営業だ。

損な立ち回りをしている自覚はある。この場所に根付くつもりなら、絶対にやれなかったであろう行為だ。

誰か話の解る奴が、早く来てくれないか。

暫く待っていると、奥の方から慌てたように女性が飛び出して来た。女性は床で呻いている少年に驚き、そして、俺達の方に顔を向けた。

「一体何の騒ぎで――って、ビックス様⁉」

「ああ、うるさくしてすまんな。至急アキム師を呼んでくれ。ここは空気が悪いようだ、私達は表で待っている」

玄関をさっさと出て行く背中を追いかける。あの女性なら、取り敢えず普通の対応をしてくれるだろう。

溜息が出た。しゃがみ込んで玄関先を塞いでいると、不意にビックス様が笑い出した。

「くくっ、なかなかの啖呵《たんか》でしたね」

「冷や冷やしましたよ、こっちは」

体裁の問題があるためビックス様が手を下したとしても、まあ理解はされただろう。ただ、人間は感情の生き物だ。理解されても納得されたかは別の話になる。しかし、先走った俺が勝手にやる分には、ビックス様が他者を害したことにはならない。万事を丸く収めるにはあれしか思いつかなかった。

大声を出した所為で喉も痛むし、勘弁して欲しい。

ビックス様は木箱を開けると、中からヴァーヴを投げて寄越した。ありがたく受け取り、軽く凍らせてから齧りつく。火照った体に冷気が優しい。

「面白い食べ方ですね、私にも良いですか？」

「勿論」

ビックス様のヴァーヴも同じように凍らせ、二人で並んだまま甘味を堪能する。完全に凍らせるより、果汁感が残っていた方がこれは良いな。彼もこの食べ方は気に入ったらしく、満面の笑みを浮かべていた。

しかし、差し入れと思しき果物を食べてしまって良かったのだろうか。あんな奴に分けたくはない、ということであれば気持ちは解るが。

どことなく弛緩した空気のまま、アキムさんを待つ。思い返してみれば、作業中に話しかけられるのを嫌う人だったので、暫くは出て来ないかもしれない。その時は……果物を食い散らかして終わりかな。

「旨いですねえ……」

「でしょう？　私はこの季節が好きでしてね。採れるもの全てが旨い。他にもお勧めしたいものが沢山あります」

「伯爵領の作物は食感が良いですよね。歯応えがしっかりしていますし、味が濃厚です」

輸送の関係で完全な旬より少し早く収穫された作物には、現地でしか味わえない良さがある。こういうのを食べていると、素直に幸せだと思う。

しゃがみ込んでいるのもなんなので、地術でちょっとした椅子を二つ作り、腰かける。まったりしていると、ようやくアキムさんが息を切らして現れた。

「すまんな、待たせた」

「いえいえ、作業中にこちらこそすみませんね」

「うむ、気にするな。依頼したのはうちだしな」

ビックス様はアキムさんにもヴァーヴを手渡す。俺も俺で椅子を追加し、何故か青空の下で会話が始まる。

「坊主、うちの若いのをぶっ飛ばしたんだって？　本人が荒れ狂ってたが、何があったんだ？」

「ああ……ビックス様に暴言を吐いたのでね。俺らを前にアンタ等って言いだした時は、正直どうしたもんかと」

アキムさんが食べかけていたヴァーヴを噴き出して咳き込む。俺は顔を顰め、水術で顔に飛んできた果汁を洗う。

「すまん、色々すまん」

「職人だから中に籠ってることは仕方無いにせよ、ちょっとは外に出て見聞を広めるべきじゃないですかね？　あと、目上に対する当たり前の礼儀くらい身につけておくべきです」

俺が彼の言動を一つ一つ取り上げると、アキムさんは怒りを通り越して項垂《うなだ》れてしまった。

アキムさんのように徒弟制度を利用しているところであれば、教育係がいる筈だ。彼らは職人としての技術指導の他に、炊事や洗濯、言葉遣いといった団体生活をする上での基本を教えることも業務に含まれている。

こういう問題が起きてしまったのなら、教育係が機能していないか、さっきの少年が本気でどうしようもないかのどちらかだ。いずれだとしても、工房側としては何らかの手を打たざるを得ない。

ビックス様も呆れつつ苦言を呈する。

「事を大きくするつもりはないが、あれが接客に出るようでは困るな。腕前以前の問題だ」

「仰る通りで……。以後こういったことの無いよう、対処いたします。この度はまことに申し訳ございませんでした」

「うむ、今後に期待している」

双方の様子を見るに、蟠《わだかま》りは無さそうだ。お互いに、止むを得ないことだとは解っているだろう。ということで、ひとまずビックス様とアキムさんの間柄はこれで良い。

残りの問題は……彼は俺を逆恨みするだろうなあ。

ああ、嫌だ嫌だ。

まだ仕事に手をつけてもいないのに、ここに来にくくなってしまった。

「アキムさん、話が落ち着いたなら、仕事の話をしましょうか。バスチャーさんのは終わりましたからね」

それでも、依頼がある以上避けて通る訳にもいかない。次にここに来る時までに、あの少年に誰かが当たり前の常識を教え、納得させてくれていることを願う。

どうなるかなあ。

どうにかなるのかなあ。

後々ろくなことにならないであろう予感を感じつつ、俺は依頼の話を進めることとした。

姉来たる

ガキっつうのは物事の吸収が早いところが長所で、やらかした時に意固地になりがちなところが短所だ。これは俺の勝手な思い込みに過ぎないが、今回は例に漏れずそうだった。

フェリスにぶっ飛ばされた弟子は、口から血を垂らしたまま相手を呪っていた。

「あの野郎……こんなことして、ただで済むと、思ってんのか……ッ」

「なんだ、元気じゃねえか」

まともに喋っている辺り、相当手加減してくれたのだろう。本当ならば、下顎が吹っ飛んで言葉が出ないくらいの方が正しい。ここまで巧く抑えてくれて、フェリスには感謝しか無い。

「良かったな、フェリスがいてくれて」

「ここまでやられて、何が良かったたって言うんすか！」

この気の強さに、将来性を感じていたことは否めない。ただ、それだけで生きていけるほど、世の中は甘くもない。少なくとも、今回の一件に関しては完全に失敗している。

こんな基本を最初から説明しなければならないとは、思っていなかった。

「運が良かったんだよ。お前を殴った奴の後ろにいたのは、伯爵家のご長男だ。あの方が温厚だからそれで済んだが、相手によっては口の利き方がなってないって理由で、普通に平民を殺すぞ」

事実俺は、数年前にそういう光景を見たことがある。中央で多少問題になったものの、結局、貴族の男は罪に問われなかった。平民と貴族の間にある差はそれだけ大きい。

それに、たとえそういう差が無かったとしても、バチェル程度ではあの二人に及ぶはずもない。町の喧嘩自慢風情が、研鑽を重ねた武人に勝とうなど、思い上がりが過ぎるというものだ。

相手が貴族だったとようやく理解し、バチェルは唾を飲み込む。

「お前を殴ったのは伯爵家の客人だ。お前の首が飛ぶ前に制裁を加えて、問題を小さくしてくれたんだよ。あのまま続けてたら、間違いなく厳罰だっただろうな」

「……偉いからって、そんな勝手が許されるんすか」

「許される。貴族にはそういう権限が認められている。まあ、普通であれば命を取る所までは行かない。それでも傍から見てて、そういう判断を下される程度にお前は無礼だったってことだ」

坊主だって貴族なのだから、罰されるかどうかの線引きは熟知していただろう。そして、アイツは横暴な性格ではない。慌てて止めたということは、危ない局面だったということだ。

そもそも、相手が貴族ではなかったとしても、誰かに対して粗野に振舞うべきではない。俺達は誰かの依頼を受けて、金を稼いで生きている。誰が客になるのかも解らないのに、飯の種に喧嘩を売るのは馬鹿がすることだ。

それに今の依頼主である伯爵家は、仕事に対する理解もあるし金払いも良い、とびきりの上客だ。駆け出しのコイツとどちらを取るのかと言われれば、迷うまでもなく伯爵家を取ることになる。

だからこれは、最後の選択肢だ。

「なあ、バチェル。今回の件については、お前にしっかりとモノを教えていなかった俺達の所為でもある。一緒についていってやるから、伯爵家に頭を下げに行くぞ。出来ないってんなら、俺はお前を破門するしかない」

「……今まで」

「あん？」

「今まで必死こいて働いてきて、ここを儲けさせてやってたのに、俺より貴族様を取るんすか」

返答に、腕が力を失う。

――ああ、ハーシェル工房は。

俺は、教育を失敗したのだな。

◇

バスチャーさんの包丁の出来を知っていたようで、アキムさんも柄の部分は同様の工夫にしてほしい、ということになった。やったばかりの作業で手はまだ工程を覚えているため、俺はそれを快諾した。更に、刀身は直刃で研磨の余地を残すということだったので、形状としては蛸引《たこひき》包丁を目指すこととした。

研磨が出来るということは、魔力を込め過ぎないということと同義だ。芯となる箇所については気合が必要になるとはいえ、刀身全体としては、前回より簡単な仕事になる。

これが終わったら伯爵家を辞そうと思っていたが、半月も要らなそうだ。充実した日々を過ごすことが出来たのは、ビックス様のお陰と言える。

宿代代わりに、何か一本作っておくのも悪くないな。

頭の中であれこれ算段を立てつつ、魔核を肥大させていく。シャロットさんのあの綺麗な流れを思い出し、外を騒がせないように。

「すぅ――――はぁ――――」

肚に力を入れ、呼吸を整える。

俺は自分の魔力の流れに自覚的ではなかった。グラガス隊長から基礎中の基礎は教わったものの、ほとんどは独学だ。ミル姉は魔力を込めるより放つ方が得意だったし、師匠もモノさえ出来れば過程はどうでも良いという人だったので、工房内は魔力が吹き荒れていた。

そんな有り様だったから、当たり前の魔術師が当たり前に歩んできた道を、俺はあまり通っていない。それはきっと、俺の魔術を歪なものにしている。

外へ放つのではなく、内へ留める操作。職人としてはそちらの能力が必要だ。

欲求がとめどない。もっと巧くなりたい。しかし、焦ると魔力が漏れる。

「ぶれるな……こうも難しいもんか」

人差し指の上に核を乗せ、そのまま魔力を込める。指先に穴があって、そこに吸い込まれていくような感覚。余さず注ぐよう、意識しながら。

ぼんやりしていたのか、不意に、拍手の音が耳に入った。

「ちょっとの間で、随分巧くなったわね。貴方が魔力の無駄を気にするとは思っていなかったけど」

「うん？　いや、そういう訳じゃなくて、外が騒がしくなるからだね」

「ああ……確かにそうかも」

振り向けば、ミル姉が笑っている。野戦用の革装備で固めているということは、出陣前なのだろう。

しかし、伯爵家の武器の整備が終わったという話はまだ届いていない。それなのにミル姉達が出向いてしまっては、整備より先に事が終わってしまうのではないだろうか。最終的に無駄にはならないとしても、少し間が悪い印象は受ける。

「最近来たばっかりって聞いたけど、もう出るんだ？」

「私含めて三人ね。大物が出たって聞いてるでしょう？」

なるほど、本格的な演習の前に、危険なものだけでも処理しようということか。確かに、伯爵家の人員ではアレに対処するのは厳しいだろう。

「ミル姉は大丈夫だろうけど、陰術を使うみたいだから、他の面子には気をつけるよう注意してね」

「何で知ってるの？」

「被害者の呪詛を解除したのが俺だから」

その情報は入っていなかったか。ミル姉は少し驚いた顔をして、そこから首を捻る。

「被害者本人には会えなかったんだけど、何か知ってる？」

「単に治療中なだけじゃないかな。傷は塞いだけど、それまでの出血が酷かったからね。一応言っとくと、呪詛は骨の近くに残ってたから、角の先端にしか術は込められないんじゃないか、というのが俺の読み」

角で一撃、という話だったので、角全体に術がかかっていたのなら傷口全体が呪われていた筈だ。

ミル姉は一つ頷いて、窓の外に目を向けた。その視線はまだ見ぬ魔獣の影を探している。

「術を使える魔獣は珍しいわよね。……どこかの仕込みはあると思う？」

かなり前に、某国の研究者が魔獣に魔力を与えて暴走させ、敵国を襲わせたという話は聞いたことがある。その魔獣は誰が教えた訳でもないのに、魔術を行使したという。

魔獣に元々備わっている毒などの機能を、魔力でもって強化した結果、それが術式の形になって現れるのだろう。

しかし今回の場合、恐らくその可能性は低い。

「元々いた大型獣が、何かの拍子に進化したんじゃないかと思うな。メルジさんも最終的には死んでないし、仕込みにしては被害が少なすぎる。伯爵領は確かに混乱してるけど、充分統制は出来てるしね。領内を荒らす目的なら、もうちょっと獰猛《どうもう》なヤツを選ぶんじゃないかな？　まあ誰かの意思によるものだとしても、どうせ失敗に終わるよ」

ミル姉と対峙した時点で、どっちにしたって魔獣に先は無い。危惧すべきなのは逃げられることだ。ミル姉は機動力が無いことが唯一の弱点で、それについては本人も自覚があるだろう。

だからミル姉は、穴を埋める要素を求めている。

「ねえフェリス、時間があるなら貴方も来ない？　面子は私とグラガス、ビックス様だから、やりづらいってことは無いと思うんだけど」

確かにその面子なら、こちらとしてはやる気になる。一般の隊員より気心が知れているし、連携しようとも思える。

ビックス様に恩返しをしなければならないというのもあるし、時間的な余裕も大丈夫だな。

「その格好ということは、今からだよな？」

「そうね。行ける？　今回はどちらかと言うと下見だから、そこまで気合入れなくても良いと思うけど」

「別に俺は着替える必要無いし、武器がありゃどうとでもなるよ。行こう」

鉈と棒を掴んで立ち上がる。最近運動もしていなかったし、その辺を散歩するのも気分転換に良いだろう。万が一が起こらない編成なので、随分と気は楽だ。

この面子ならビックス様が前衛で俺が中衛、残る二人が後衛になるか。まあ、出番があるか解らないが。

出発前に、水術で体表に膜を張る。展開の速度からして、調子は悪くない。

「出るかなあ」

「出なかったら、明日以降は参加しなくてもいいわ。今日は守備隊同士で顔合わせをしてるけど、明日以降なら全員使えるから」

「そっちの方が、訓練にはなりそうだけどね。あ、ちょい待って」

ふと思い立って、魔核で髪留めを作る。挟むだけの単純な造りのそれで、ミル姉の前髪を留める。これで視界が確保出来るだろう。

「あら、気が利くわね」

「浄化のお代だね」

「ならもうちょっと凝ったものが欲しいところだけど……今回の手伝いで良しとするわ」

軽く笑い合う。戦闘前の気負いは無い。

肩を回して筋肉を解し、二人並んで外へ出る。

さて、何が出るかな？

大角

不安要素が無い、ということはとても良いことだ。

戦力というより案内役として、雑木林の中を進んでいく。手斧で小枝を払い、慎重に視界を確保しながら、ゆっくりと歩く。慣れ親しんだ道に敵が潜んでいるかと思うと肝が冷えるが、後ろにはクロゥレン家の面々がいる。その頼もしさが、不安を打ち消してくれた。

「ビックス様は、斥候の経験があるのですか？」

後ろにつくグラガス殿が、抑えた声で問う。

「多少、ですな。伯爵領の守備隊は役割を定期的に入れ替えますので、私も斥候をすることはあります。うちは特別な人間がいない分、誰でも代わりが利くようにしているのです」

突き抜けた才が無いのなら、違う道を選ぶしかない。最終的に領を守ることが出来るなら、そこに格好良さなど求めない。特定の誰かがいなければ成り立たないなら、組織として間違っている。

……と、才無き身としては思っている。

「敢えて専門性を持たせないのは面白いかもしれないわね……うちでもやってみる？」

「試してみるのはアリでしょうな。ただし今いる隊員は、すぐに切り替えろと言われても難しいかと思います。我が強い連中ですから」

クロゥレン家は今でも武闘派で名を売っているのに、まだ上を目指すらしい。

「強度で行けば、近衛兵にも引けを取らない猛者達でしょう。あまり色々と望んでは、却って成長しないのでは？」

今までの経験からすると、何かに特化した人間は、それ以外の分野で酷く不器用であることが多い。目立った長所があるのなら、素直に伸ばしてやった方が良いのではないか。

私の言葉にミルカ嬢は苦笑しつつ囁く。

「苦手分野があるということとと、やりたくないことから逃げる、というのは違います。専門家になれとは言いません。ただ、他人の仕事の初歩を理解するだけでも、視野は広がると思うのです。……腕っぷしで生きている人間は、どうも他人に対して狭量になりがちだと感じているので」

確かにそれはあるかもしれない。

部隊編成についての雑談を交わしながら、少しずつ先へ進む。そろそろ、メルジが襲われた場所に到着する。

「その先に大きな樹がありますが、うちの隊員がやられたのはその辺りということです」

身を沈めると、樹の根元に足で掘り返したような跡が幾つか見られた。蹄の形に覚えがないので、外来種ということだろうか。想定していたよりは、大きくはないようだ。

フェリス殿は地面に手をつけ、しばらく目を閉じていた。淡い魔力が、地表を舐めるように覆っていく。

「そんなこと出来たのね。どんな感じ？」

「動いてたら解るんだけど、特に手応えは無い。寝てたりするとお手上げだ。じっとしているのか、それとも近くにいないのか……ビックス様、この辺に穴倉とか、そういう場所はありますか？」

穴倉か……岩壁が崩れて、そのままになっている場所があるな。巧く瓦礫を寄せられれば、住処に出来るかもしれない。

「一か所、思い当たる場所はあります。そう離れてはいませんし、行ってみますか」

「そうですね、ちょっと行ってみましょう。いるようだったら、後はミル姉にお任せで」

「元からそういう指示だったし、私は構わないけど」

ミルカ嬢が乗り気なら、こちらとしては避ける理由は無い。

僅かな緊張を飲み込んで、向かう先を変更した。

◇

ビックス様の案内で暫く歩いていると、大小様々な岩を積み上げた、ちょっとした丘のような所に行き当たった。なるほど、場所によっては魔獣が姿を隠せそうな作りにはなっている。

「ここは?」

「二年前に地震がありましてね。すぐそこに岩壁があったのですが、それが崩れてこうなりました。今では土砂を捨てる場所にもなっているので、身を隠す場所には事欠かないかと」

岩は大きさがバラバラな所為で、そこかしこに隙間はあるようだ。とはいえ角があると考えれば、そう奥には入り込めないだろう。となれば、取り敢えず手近な所から埋めていくか?

「フェリス様、隙間を塞げますか？」

「うん、俺もそれを考えてた。ちょっとやってみようか」

グラガス隊長の提言に従い、丘に手を触れる。魔力を張り巡らせると、やはり隙間を感じる場所が多い。試しにすぐ側の空間を土砂で埋めてみるも、特に抵抗は感じられなかった。塒《ねぐら》に防壁を仕込むような相手ではないようだ。

細かい土砂を動かして、目に見える場所からどんどん流し込んでいく。ある程度塞がったら、今度は圧縮して一つの大きな塊を形成する。箱型の岩が出来上がったら、脇へ寄せて邪魔にならないように。魔獣退治というより、散らかったゴミの掃除だな、これは。

「時間がかかりそうねえ」

「こういうのはすぐに結果が出るもんでもないんじゃない？　気長に潰していこうよ」

そうは言っても、じっとしているのは他の面々も退屈か。どれ、また少し探ってみよう。

魔力を波紋のように広げる。返ってくる感覚は虫や小動物のものばかりで、それらしいものは何も無い。

いや、もしかして『隠蔽』か？

「そうか。呪詛を使えるんだよな」

「どうしたの？」

「いや、呪詛が使えるってことは、ある程度の陰術が使えるってことなんだよなあ、と。いいや、面倒くさい。ビックス様、この山全部片付けていいですか？」

「そ、それは勿論構いませんが」

良し、了承は得た。ここにいると確定した訳でもないが、下手に隠れる場所が残っている方が厄介だ。後々のことを考えれば、整理してしまった方が楽だ。

「岩を脇に寄せて行くから、ミル姉は陽術を範囲広めで出し続けてくれ。術を使って隠れてるんなら、これで絶対に引っかかる」

「なるほどね。ちょっと試してみましょうか」

ゴリ押しや力業と呼ばれるやり方でも、成果が出るならそれで良い。

言うや否や、ミル姉は隙間に向かって軽めの光を放つ。俺は俺で、岩をまとめてどんどん脇に積み上げていく。なるべく大きさを揃えて綺麗に並べることで、逃げ場を作らないようにする。

周囲への警戒は解いていないものの、することの無い二人は暇だろう。こちらとしても単純作業を続けるのは本意ではない。手早く終わらせてしまおう。

「ミル姉は魔力大丈夫？」

「まだまだ余裕ね。出力上げる？」

「そうしようか」

一つずつ作っていた塊を、三つずつ作っていく。消費魔力は当然跳ね上がるものの、これくらいで枯渇するほど軟《やわ》な鍛え方はしていない。ミル姉もそれは同じで、範囲を広げても息一つ切らさずについてくる。

同じ作業を繰り返す。どれくらい経ったかと顔を上げた時、一瞬知覚の中に引っかかるものがあった。ミル姉に目配せすると、あちらも気付いたらしく一つ頷いた。

瓦礫の山の丁度反対側に、何かが気配を殺して潜んでいる。

まだだ。気付かないフリで、同じ行動を繰り返す。それと同時、足を通して地面に魔力を流し込み、遠く離れた地点に石壁を作っていく。幸い材料は幾らでもある。この際、消耗は気にしない。

多少時間はかかったが、それでも動く気配は無い。こちらの様子を窺うにせよ、その慎重さが命取りになる。

石壁の生成を終わらせる——さあ、これで敵の後ろは塞いだ。

ビックス様とグラガス隊長にその場で止まるよう指示。ビックス様に万が一があってはならないため、後詰《ごづめ》として控えてもらう。それと同時、俺は左側、ミル姉が右側から回り込むようにして、怪しい気配へと近づいていく。

敵はまだ逃げる気配を見せない。

瓦礫の向こう側でミル姉の魔力が高まる。それと同時、俺は脚に力を入れ一気に駆け出す。

「っ、何だコイツ⁉」

目に飛び込んで来た異形に、一瞬虚を突かれた。驚いた所為で放った石槍が外れ、俺と魔獣は向かい合う。

ミル姉には人為的なものである可能性は低いと言ったが、間違いのようだ。明らかに人の手が入っている。

外観というか、形状は鹿に似ている。四つ足で、噂の通りの立派な角が生えている。問題となるのは皮膚だ。腹から足にかけてが蛇のような鱗《うろこ》に覆われていて、上体は黒い毛皮に岩が点々と張り付いたようになっている。素材をごちゃごちゃに張り付けた結果、全体に行き渡らなかったような印象を受けた。

ここまで来ると、どういう生き物なのか解らない。

とはいえ、気になる点は多々あれど、コイツは討伐対象だ。

「さて、どう出るか、ねえッ」

ミル姉の到着まで時間を稼ぐため、今度は礫《つぶて》を散弾のようにして放つ。威力は低いが、面による攻撃で相手の動きをある程度制圧する。

「キイィ――――！」

甲高い叫び声が響く。魔獣は右に左に身を傾けて礫を避けようとするが、躱し切れずに皮膚を傷付けていく。

攻撃に対する反応は、なかなかのものがある。ただ、外皮が硬い訳でもなければ、足が速い訳でもない。そして恐らく、遠距離からの攻撃手段を持っていない。

最初こそたじろいだものの、脅威を感じるほどの相手ではないな。このまま続ければ、簡単に削り切れる。だが、貴族としての面子を考えるなら、コイツを倒すのはビックス様かミル姉でなければならない。誰が見ている訳ではなくとも、体裁を整えることは重要だ。

……まだか？

そう大きな丘でもないのに、ミル姉が現れない。本当に足が遅い。

やむを得ず、石壁を作って相手の行動を阻害する。俺かミル姉の方にしか逃げられないように、相手を追い詰めていく。時折、魔獣はその角で石壁を突き崩そうとするが、俺の魔術の方が硬いようで巧くいっていない。

「うん……？」

そうこうしている内に、相手の足が止まってしまった。敢えて残した道には見向きもせず、限られた空間で身を捩じらせ、礫を凌いでいる。

コイツは逃げるでもなく向かってくるでもなく、何がしたいんだ？　俺にあまり攻めっ気が無いのは事実としても、相手はただ甚振《いたぶ》られるだけで反撃の兆しが無い。ミル姉の楽しみを奪わないようにしていたが、この様子ではその意味も無さそうだ。

「キ、キッ」

鳴き声と同時、相手の姿がぶれる。ようやく展開された魔術は、姿をぼやけさせる程度のものだった。こちらが範囲攻撃をしている局面ではあまり意味が無い。

ミル姉は何をしてるんだ？

適当に相手をしていると、何故かミル姉がビックス様を伴って現れた。二人にらしからぬ焦りが見える。

ビックス様は俺を見るなり、叫び声を上げた。

「フェリス殿、そいつは囮です！」

「はあ？」

「先程父上と『交信』をしました！　街でもう一体の大角が暴れています！」

遠く離れた人間と遣り取り可能とは、ビックス様もまた、破格な異能をお持ちで……。

しかし、感心している場合ではない。妙に消極的な戦い方だと思ったら、本命は街だったか。命懸けで時間稼ぎとは、ますますもって野生の考え方ではない。しかも、囮としての効果が薄いであろう点が尚更だ。

確かに伯爵領が落ちれば、近隣の食糧事情は一気に悪化する。とはいえこの個体を見る限り、伯爵領で対処出来ないほどの脅威ではない。最初こそ不覚を取ったとしても、情報が集まれば容易く狩れる相手だ。ここで時間を稼いでも、コイツは単に無駄死にだろう。

となれば……効果が出ないことは解った上で、何か実験している？

判断材料に乏しく、敵の狙いが解らない。

ただ今は、そんなことを考えている場合でもない。あちらで被害を抑えられそうなのは、俺よりはミル姉か。

「ミル姉、街に向かってくれ。俺らもすぐに向かう。ビックス様はグラガス隊長へ街に戻るよう『交信』してください」

「解ったわ」

「しかし、今からでは――」

ビックス様に笑いかける。大丈夫、手はまだある。

遠い昔を思い出す。幼少期に、両親から偉く怒られた悪い遊び。ミル姉だって覚えているだろう。

腹の底から魔力を練り上げる。ミル姉は身を縮め、全力で防壁を張る。

「さあ、来なさい!!」

「おう、任せた!!」

街の方へ向けて、石柱を全速力で斜めに突き出す。常人なら全身が砕かれるような衝撃を受け、轟音と共にミル姉が空へと射出された。

後は風術で飛んで行けるだろう。

「さて……お待たせ」

魔獣へと向き直る。

敵を侮って、不意を突かれる。そんな悪い例をつい最近見たばかりだというのに、見事にやられてしまった。面子など考えず、すぐに仕留めるべきだった。

『集中』に魔力を回す。陽術による身体強化で、ジィト兄の動きを再現する。消えるほどの動きは出来なくても、間合いを詰めるだけならば充分。

「キィ!?」

近づかれた驚きで振り回された角を、身を沈めて避ける。眼前にある右前脚を、鉈で叩き斬った。脚を一本失って傾く体に、横合いから掌で触れる。

「シィッ」

脇腹へと水弾を放ち、相手を吹き飛ばす。その先にいるのはビックス様だ。

「とどめを！」

「応！」

体勢を崩した魔獣に、攻撃を避ける術は無い。

一直線に振り下ろされた斧が、大角の首へと食い込んだ。血を撒き散らしながら相手は全身を暴れさせる。傷口から濃い陰が立ち上る。

「させるかよ！」

より強い陰術で、敵の呪詛を上書きする。ビックス様は大角の頭を踏みつけ、斧を全身で押し込むようにし、頸骨《けいこつ》を断ち切ろうと力を入れる。

やがて大角は一度大きく体を跳ね上げ、そして、動かなくなった。

急転

「う、あ、ああッ」

——やらかした。

空を駆けながら、激痛に顔を歪める。

フェリスの意図は理解していたし、他に手段は無いと思っていた。だから空中に射出されることは、当たり前に受け入れた。たった一つ失敗だったのは、焦るあまりに、フェリスの魔術を受け損なったことだ。

全身は衝撃で痺れ、左の足首は折れている。陽術で必死に回復を試みているものの、街までの時間を考えると、骨がくっつくほどの余裕は無い。となれば、まともな着地は見込めないだろう。

歯を食い縛りながら、魔力を展開する。姿勢を制御出来なければ落ちて死ぬし、相手を探知出来なければあらぬ所に着地してしまう。どちらになっても、何をしに来たんだという話である。

「ああもう、無様だわ！」

悪態を吐いて防壁を解除する。風をまともに浴びる形になるが、使う魔術が一つ減って楽になった。

魔術行使の順序を考える。まずは探知。目指すべきは知った気配のいる所だ。魔獣そのものが陰術で隠れていても、街に出たと周知された以上、誰かが追いかけている筈だ。守備隊の面々が集まっている場所を感知し、大体の位置を把握する。

次に回復。足首は諦めるにせよ、体の痺れを取らなければ戦えない。これについては着地まで継続し、少しでも状況を改善する。

最後に姿勢制御。風術で目当ての場所へ向けて、軌道を変えられるよう体の傾きを調整する。

普段ならば苦も無くこなす作業に難儀している。本気で時間が欲しい。

しかし、ぼやいている間に目標が見えてきた。

伯爵を含めた四人が、角の生えた魔獣を遠巻きに囲んでいる。先程の個体より大きく、かつ気が立っているようだ。加えて建物が近いため、火術が使えない。条件が少しだけ厳しい。

空中で角度を変え、風で生んだ槍を放つ。

「キイイッ！」

気取られたか。奇襲は失敗し、槍は地面に突き刺さって霧散する。しかし、解けた魔力が上昇気流を生み出し、私に着地の余裕を与えた。

荒れ狂う風を味方に、魔獣の眼前へ悠々と降り立つ。片足だけで立っているので、人によっては気取っているようにも見えるだろう。

「伯爵、お待たせしました」

「ミルカ殿、よくぞ来てくれた！」

頷いて返し、周囲を確認する。伯爵や守備隊員は多少の切り傷を負っているものの、充分戦闘は続けられるようだ。問題は、その全員が微かな瘴気に冒されていることだろう。

なるほど、あれが呪詛か。

たとえ浅いものであっても、術師が手を施さない限り、あの傷は治らない。なかなかに面倒な手を打ってくる。

掌に小さな光弾を作り、彼らの傷の一つ一つへと飛ばす。着弾による多少の痛みはあるだろうが、これで陰術の相殺が出来る。あのままにしておくよりは良いだろう。

「それで治療が効くはずですから、退く人は退かせてください。なるべく周りに被害は出さないようにしますが、巻き込む可能性がありますので」

先程の反応からして、コイツは攻撃の気配に敏感だ。威力を上げた魔術を避けられると、どうなるか解らない。

こういう相手こそ、ジィトに任せるべきなのだけれど……いない人間のことを言っても仕方が無い。

「行きますか」

両手を叩き、風を破裂させる。牽制の一発で、相手は後ろに下がった。

笑みが零れる。それは愚策だ。

空いた距離こそ魔術師の生命線。

風術を込めた手を大きく振る。相手の足を狙った横薙ぎの一閃が宙を走る。

呪詛の煙を撒き散らしながら、魔獣が地を蹴って飛ぶ。そう、下を狙われれば上に逃げるしかない。地面より下を選ぶのはフェリスくらいのものだ。

「キィイ——！」

読み通りの動きに、光の波を合わせる。陰術を打ち消しながら、魔獣の肌を舐めるようにして魔力が通る。殺せるほどではないにせよ、陰気を纏う身で浴びる『浄化』はきついだろう。

圧倒的な力で押し潰すのではなく、適度な力で相手の動きを制御する——フェリスの攻めには示唆がある。周囲に被害を出せない今のような状況において、あのやり方は活きてくる。

痛みからか、魔獣は喉を鳴らしながらこちらを睨み付ける。

「あら、怒ったのかしら」

魔獣はそこから頭を下げ、こちらに突進するかのような溜めた構えを見せた。意気込みは認めるが、その体勢では前にしか出られない。この狩りは早くも終わりのようだ。

眉間に指先を向け、照準を合わせる。後ろに建物があるので、貫通はさせない。

息を細く吐き出す。

大角の眼がこちらを捉えている。相手の脚が張り詰め、緊張感を帯びる。一瞬の後に土塊が宙を舞い、間合いが詰まっていく。

速い。

「でも、それだけね」

私の目でも充分追える。ジィトの動きに慣れている身としては、特に驚きは無い。適度に練り上げた魔力で光線を放つ。

「キッ」

一直線に伸びた光は、角の間を通り敵の頭を跳ね上げた。四肢が勢いを失い、魔獣はもつれるようにして私の前に身を横たえる。

「これでお終い」

結局私を最も苦しめたのは、フェリスの地術だったか。

溜息と共に風の刃を叩きつけ、首を刈り取った。

◇

急いで戻った所で、どうせやることは無い。ビックス様には焦りがあったようだが、それを宥めすかして足を進める。地術で台車を作り、獲物を載せて街へ帰った。

やはりと言うべきか、ミル姉はとっくに相手を仕留めて果物を楽しんでいた。木箱に腰かけて足をぶらつかせながら、指についた果汁を舐め取っている。

「お疲れ」

「お疲れ様。それ、ちゃんと持って来たのね」

「そうじゃないと何しに行ったんだか解らんしねえ」

命を奪った以上、可能な限り獲物を無駄にはしたくない。とはいえ大角は食えそうにないので、誰がどう手を加えたかの分析に回すしかないだろう。

使い道はさておき、ミル姉とビックス様で一体ずつなら、戦果としては公平だし悪くない。念のため周囲を探知してみても、第三の大角がいる気配は無かった。番《つがい》だったと見るのが自然かな。

ひとまず終わったと判断する。ミル姉から果物を分けてもらい、喉の渇きを潤した。

「しかし、何だったのかねえ?」

「さあねえ。こう言ってはなんだけど、そこを調べるのは伯爵の仕事でしょう。私達は傭兵に過ぎないし、うちに来たら殺すだけだし」

仰る通り。子爵領にとっては、大角も普段相手にしている魔獣もそう大差が無い。今回は全く出番が無かったが、グラガス隊長もあれくらいなら一人で相手が出来るだろう。

ただ、大角を使って何がしたかったのだろうか。戦力を探った……のかなあ。

判断材料も無いのに、結論が出る筈もない。何となく残る気持ち悪さが鬱陶しくて、余計なことを考えている。

黙り込んだ俺を眺めながら、ミル姉は溜息を吐く。

「何か解ったら知らせを出すから、暫くゆっくり休みなさいな。それとも職人としての仕事があるかしら？」

「あるけど、大体の目途は立ってるしどうにでもなるよ。そっちこそ演習はどうするんだ？」

「明後日からになるんですって。明日はあの魔獣を中央に送るって言ってたから」

そういえば、中央には魔獣の調査機関があったと思い出す。魔術の研究も盛んだし、どちらかで何かが解るかもしれない。

なら、俺がするべきは頭を切り替えることだ。

「じゃあ、俺はお役御免だな。何でか最近戦ってばっかりだし」

「ヴェゼルもそうだったじゃない。私からすればあの人は職人じゃなくて武人なんだけど」

「師匠は……いや、否定出来んな……」

師匠は優れた職人であると同時、鍛錬にも熱心な人間だった。なるべく素材は自分で狩る、という拘りに起因していたのだろうが、対人戦も結構こなしていた。数年前とはいえ、完敗を喫したミル姉が武人と称賛するのも当たり前だ。

かつてのまま変わりないとすれば、師匠の総合強度は14000超。数値だけで言えば、王国最強と名高い『魔剣』ファラ・クレアスと同程度になる。知っている人ならば、あの人を職人としては見ないだろう。

修行も中断されてしまったし、続きを教えてほしいものだ。

「ヴェゼルは今どうしてるの？」

「中央で姉弟子の指導をしてる。……って言うと聞こえが良い」

「何それ？」

「実際はあまりに家を空けすぎて姉弟子が切れた。姉弟子は組合の連絡員だからね。そういう立場の人間からすれば、腕は立つのに依頼をこなせない人間って、ねえ？」

稼がない師匠という存在には、さぞや苛々させられたことだろう。その分俺は指導を受けられたしありがたかったが、環境がそれを許し続ける筈も無い。姉弟子は俺を責めるようなことはしなかったものの、最後には師匠を引き摺って去って行った。

「自由人だものねえ……腕は抜群に良かったから、領内で囲いたかったけど」

「暫く無理だね、あれは。まあいずれ俺も中央には行くつもりだから、その時には改めて指導を仰ぎたいとは思ってるけど」

最大の目的である託宣を受けられる場所は、各大陸に三つずつ設置されている。そのうちの一つは中央の近郊にあるため、どうしたところで滞在することになる。

首都に居を構えるつもりはないが、俺は託宣を受けられる場所からあまり離れたくない。時間に余裕のある内に、師匠から受け継ぐものは受け継いでおくべきだろう。

「私もたまには首都に行きたいわねえ。社交はさておき」

「うちみたいな辺境が社交してもあんまり意味無いんじゃないの？」

「無いわよ。中央と繋がりがあったって、距離があり過ぎて活かせないからね。大体、あんなの結婚しろって言われるだけの宴会に過ぎないわ」

心底忌々しそうに、ミル姉が顔を歪める。年齢的に結婚していておかしくないのに、婚約すらしていない所為で、お偉方に目をつけられやすいのだろう。当人からすれば余計なお世話の一言だ。

ミル姉は結婚願望が無い訳ではなく、むしろその辺りの感性は一般的なのだが、地位と強度があるために妙な男が寄って来やすい。見目も性格も悪くないのに、そういう面では損をしている。

俺は平凡な顔で良かった。

「他人事みたいな顔してるわね」

「他人事だよ実際。お偉いさんが俺に女を宛がうとでも？」

「職人として大成したら……」

上級に行き着くまででも相当遠い道のりだと言うのに、何年先になるのか解ったものではない。

埒も無い話をだらだらと続ける。ミル姉とこういう時間を過ごすのは久し振りだ。これも家を出たからこそか。

空気が弛緩している。

日差しが穏やかで心地良い。帰ったら昼寝でもしようかなどと考えていると、何処となく覚えのある女性が、泣きながら伯爵家の面々の所へ走っていくのが視界に入った。

厄介ごとの気配がする。

「……どうする？　見なかったことにする？」

「後回しにした方が面倒な感覚はある」

「アンタ直感持ちでもないのに、外さないのよねえ。ちょっと待ってみましょうか」

伯爵家とは協力関係にあるものの、別に領内の問題に首を突っ込める訳ではない。様子を窺いながら、彼女が何者であるか記憶を探る。

……つい最近、だったような。

長らく頭を捻った結果、ようやく彼女がアキムさんの所で会った人だと思い出した。別件の印象が強過ぎたことと、彼女とのやり取りがほぼ無かった所為で、あまり覚えていなかった。

しかし、彼女の正体がそうであるなら、非常に嫌な予感がする。絶対にろくなことになっていない。

あのガキ何をしやがった？

落ち着かないまま、状況が動くのを待つ。やがてグラガス隊長が、伯爵家の面々からそっと離れてこちらに忍び寄って来た。

「何があった？」

「……アキム・ハーシェルという方のことはご存じですか？」

「知っている。俺に研磨の基礎を教えてくれた人だ」

「弟子の一人がアキム様を刺した挙句、工房の金を盗み逃走中ということです」

背筋に冷たいものが走り、胸がざわつく。

「アキムさんは？」

「生きてはいるようですが、相当手酷くやられたようで……」

言い様からして、かなりの重症らしい。頭の中が真っ白になる。

「フェリス、大丈夫？」

呼びかけに、巧く反応が出来ない。

いや、躊躇っている場合ではない。呆けるな。動き出せ。

「ミル姉、さっきの女性にアキムさんのことを聞いて、治療に向かってくれないか。シャロットという医者が手をかけているなら、その指示に従ってほしい」

「そっちはどうするの？」

「俺は犯人に心当たりがある」

ああ、これは随分と久々の感情だ。何故か涙が目尻に滲む。

クソが。あの野郎、ぶっ殺してやる。

食事処にて

大物を仕留め、問題が一つ片付いたと胸を撫で下ろした矢先に、領内でも名工と名高いアキム殿が襲撃されたという報せが入った。犯人はつい先日、あまりの無礼な態度にフェリス殿が拳で諫《いさ》めたアキム殿の弟子らしい。

領主の立場でビックスの話を聞く限り、フェリス殿の対応は誤っていない。むしろ、温情に溢れていると言っていいだろう。ただ惜しむらくは、当人がそれを活かせるだけの人間ではなかったということだ。

私はビックスに警邏《けいら》の手を増やすよう指示し、治療院へと足を向けた。一応の護衛として、グラガス殿が付き従ってくれている。

「ミルカ殿とフェリス殿はどうしている？」

「ミルカ様は治療院へ先行しております。陽術が使えますので、補佐くらいは出来るだろうと」

大角のことだけではなく、そちらにも手を貸してくれるのか。アキム殿は長らく伯爵領へ貢献してくれた、稀有な人材だ。彼を助けてくれるならありがたい。

「後で礼をせねばならんな。では、フェリス殿も一緒かね？」

「いえ、フェリス様は……犯人を捜しに出ました。自分との遣り取りが原因だろうから、と」

思わず足を止める。

今回の件に関して言えば、彼が責任を感じる必要は無い。むしろ我が領内において、他家の子息が素行の悪い人間に絡まれてしまった、という方が正しい。ああいった手合いは徒党を組んでいることも多く、捜索には危険が伴うだろう。

「従者には誰がついておられるのかな」

「いいえ、誰も。単独で動いておられます」

「……馬鹿な。グラガス殿、今からでも遅くはない。私よりフェリス殿の身を守るべきだ」

多少老いてはいても、私だってこの領を守ってきた人間だ。そこらの小僧を相手に不覚を取ったりはしない。だが、他家にまで侮られているような少年が、多数に囲まれればどうなることか。

私の危惧に対し、グラガス殿は苦笑いを浮かべる。

「いいえ、ミルカ様の指示はバルガス様の護衛でしたので、主命を破る訳にはいきません。貴族に対して恨みがあるのなら、バルガス様を狙うことは有り得ます。……それに、フェリス様のことであれば心配はご無用です。確かに無才や凡夫と言われてはおりますが、それは姉兄と比較をされているためです。あの方は、クロゥレン家の両守備隊に加入する条件を満たしております」

クロゥレン家の守備隊へ入るには、単独強度が4000以上というのが条件だった筈だ。総合強度を考えれば、王国で随一と言われる近衛兵になることだって出来る。

「あの若さでその強度であれば、立派な猛者ではないか」

「そうです。あの方は評価されていないだけで、決して弱くはありません」

ならば、確かに護衛は不要だろう。喧嘩自慢の素人など、多く見積もっても総合強度で1500程度。むしろ相手が気の毒だ。

「そうか……では余計な手出しはするまい。我が領のことで、フェリス殿に手を煩わせてしまうのは申し訳無いな」

「罪人の処罰は貴族の義務でありましょう。あの方もそれは承知しておられます」

「家を離れたというのに、彼も縛られることが多いものだな」

本来であれば、罪人の処罰は領主及びその縁者のなすべき業務であり、他家の出るような案件ではない。とはいえフェリス殿は継承権は放棄していても、貴族籍までは捨てていない訳だから、平民を処断する権利はまだ持っている。犯人を始末したところで、咎められるものではない。

たった一人の証言で、アキム殿の弟子を犯人だと確定は出来ないが……前後の状況や当人の客観評価を考えれば、冤罪の可能性は極めて低いだろう。

「出来れば相応の段取りを踏んだ上で処刑したいものだが、まあ……フェリス殿が対象を殺したとしても仕方があるまい」

そもそも、命を取らなかった気紛れを撤回したと言われればそれまでだ。

「ご配慮いただきありがとうございます」

グラガス殿は跪《ひざまず》いて謝意を述べた。私は手を振って立ち上がるよう促す。

「礼を言うのはこちらの方だ。フェリス殿には損な役回りをさせている」

本来は工房で無礼を働かれた時点で、ビックスが処理すべき案件だった。今はそれの尻拭いをしてもらっているようなものだ。

返礼として何を与えるべきか思いつかないまま、治療院へと辿り着いた。

◇

あの男と相対してから、そう時間が経っていないことが幸いした。直接体に触れたことも相俟って、俺の体は相手の魔力や気配をまだある程度覚えている。

それさえ掴めているのであれば、相手の痕跡を探ることはそう難しくない。自重を捨て、『集中』と『観察』を全開にした。それと同時、大角の時にも使った術式で街中に魔力を広げていく。

消耗などは気にしない。立って武器を振るう力さえ残っていれば良い。

領内の人間が何処をどう動いているか、また、立ち止まっているか。一つ一つを念入りに精査していく。数が多すぎてこめかみが軋みを上げるが、歯を食い縛って堪える。

違う、違う、これもこれもこれも。

違う人間を思考から外して、もう一度魔力を放つ。何度も繰り返しているうちに、対象が三方向に絞られる。

体格や魔力の傾向が俺の記憶と大体合致するものが、北に一つ、北西に一つ。そして一番遠いものが南。逆方向の一か所をどうにかしたいが、ひとまず最寄りの北西から潰していくべきだ。

移動する時間が惜しい。石柱を利用して己を射出し、空を駆ける。飛翔というよりは長い跳躍でもって、道中の距離を稼いだ。冷たい風が汗を引かせていく。

何度目かの跳躍で、ようやく一つ目の気配を視認する――別人だ。とはいえ同世代ではあるようだし、何か知っているかもしれない。

水汲みをしている彼の真後ろに着地し、声をかける。

「作業中に失礼」

「うわッ、吃驚したぁ！　なんだよ急に！」

「驚かせてすまんね。ちょっと訊きたいんだけど、君と同じくらいの年で、研ぎ師をやってる奴のことを知らないかな？　それこそ背格好も君と似た感じの奴なんだけど」

彼は若干訝しげな表情を見せたものの、こちらを拒絶することもなく、会話を続けてくれた。

「俺と同じくらい……ああ、バチェルのこと？　知り合いっちゃ知り合いだけど、あんまり親しくはないよ？」

「ありゃ、そうかあ。会って話がしたいんだよ、工房を飛び出しちゃったそうでね」

思い付きとはいえ、流石にそう巧く手がかりに繋がらないか。

彼は俺の問いかけに暫く腕を組んで考え込み、少し首を捻った。

「うーん……参考になるかは解んねえけど……俺らくらいの世代で、割と真面目な奴は街の南にある木霊亭って食堂に行くんだ。反対に、悪ぶってる奴らは北にある辛山《しんざん》って店に行く。辛山の店主はこう言っちゃなんだけど、悪たれの元締めみたいな奴だから、あの人なら何か知ってるんじゃないかな？」

おお、これは良い情報だ。丁度北に向かうところだったし、気配がその店にあるか確かめてみよう。

「ありがとう、ちょっと行ってみるよ。因みに、君はその辛山って店は利用しないの？」

「ああ……正直、味が好みじゃないんだよね。それに金も無いし、あんまり外食出来ないんだ」

なるほど、苦労しているようだ。俺みたいなのに真面目に対応してくれたことだし、謝礼を是非受け取って欲しい。

「参考になったよ。少ないけど、これでたまには贅沢してくれ」

彼の手を無理やり取って、二万ベルを握らせる。一人で行くならそれなりに良い店で、腹いっぱい食えるだろう。

「え、ちょっ、何⁉」

「情報料だよ。機会があったらまた会おう。じゃあね」

目を白黒させている彼に手を振って、その場を去る。相手が見えなくなったところで、再び宙に舞い戻った。北の気配が辛山とやらであることを期待しつつ、道中を急ぐ。

汗が吹き飛んでいくほどの速さで只管跳ね続け、ようやく目標地点に辿り着いた。気配は眼下の建物の中から動いていない。着地して入り口に回り込んだものの、看板等は出ていなかった。ただ、中は騒がしく、食べ物の匂いはしている。

ここだと思うが……取り敢えず入ってみるか。

「ごめんください」

中に滑り込むと、幾つかの席の男たちがこちらにちらりと視線を向けた。しかしすぐに興味を失ったらしく、目の前の食事に顔を戻す。取り敢えず、食堂ではあるようだ。手近なところにいた中年男性に声をかけてみる。

「食事中に失礼。ここは辛山で合ってますか？」

「ん、何だ坊主、知らないで来たのか？　ここは辛山で合ってるぞ。注文なら奥に店主がいるから、声をかけて来な」

「ありがとうございます」

礼を述べ、指された方向へ足を向ける。奥は調理場か？　確認のためとはいえ、許可も取らずに勝手に入る訳にはいくまい。

洗い物をしている店主らしき人物に、そっと近づいた。

「すみません」

「ん、ああ、何だ注文か？」

注文……まあある意味で注文になるのか。

「ええ。バチェル君の身柄を一つ、いただきたいんですよ。ご存じありませんか？」

なるべく柔らかく微笑んで、真っ直ぐに問いかける。

まだ確証は無く、ただ勘で動いている。それでも手応えらしきものを感じている。

店主の眉が跳ね上がり、空気が明らかに固まった。手に持っていた皿を置いて、彼は俺を不審げに睨め付ける。

「何の用だか知らんが、バチェルはここにはいないぞ」

「そうですか？　じゃあそれはいいので、奥の方にいる人に会わせてください。ほら、あそこの扉の奥ですよ」

誤解の無いように、対象を指し示す。彼のこめかみが脈打つのが解った。

これは当たりだな。確信と期待で胸が躍る。

店主のひくついた唇が、苛立ちを表している。バチェル君とどういう関係なのか知らないが、何であれ俺が斟酌する理由にはならない。手の中で魔核を転がし、いつでも発動出来るように備える。

「何を言ってるんだか知らんが、あそこには誰もいねえよ」

「いますよ。いないと思ってるんなら、不審者が忍び込んでますね。これは大変だ、すぐに調べなくちゃいけない」

「何を根拠にそう言ってるんだ？」

「こう見えて、魔術には自信があるんです。探知すればすぐに解りますよ」

敢えて制御せずに魔力を放つ。後ろの方で椅子ががたつく音が聞こえた。俺は見せつけるように水の帯を作り、汚れた皿に絡みつかせる。油とタレを剥ぎ取り、輝くほど綺麗にしてやった。

それと同時、枝分かれさせた帯で奥の扉に水を纏わせる。

「人の店で勝手なことをするな！」

店主が俺の肩に掴みかかる。俺は掴まれたままその腕をぐるようにして、相手の関節を捩じり上げた。痛みで手を離した瞬間に足を払い、倒れた男の目線に合わせて屈む。

「おい、お前誰に命令してんだ？」

子爵家の家紋の入った短刀を見せびらかすようにして、相手の顎先に突き付ける。あまり得意なやり方ではないだけで、俺は強硬策を嫌う人間ではない。ガキだからといって見縊らないでいただきたいものだ。

彼は切っ先を見つめたまま、生唾を飲み込んだ。

「……あんた、貴族か。何だってアイツを探してる？」

「何も聞いていないのか？　バチェルとやらはアキム師に重傷を負わせ、工房の金を持ち逃げした。俺だけじゃない、伯爵家がアイツを探してる」

「そりゃ、本当か？」

「本人に聞けばいいさ。俺はそのために来たんだしな」

彼はすっかり目を伏せて、抵抗を止めてしまった。何も知らなかったのか、それとも俺が貴族と知って抵抗する気力を失ったか——見た感じでは前者だという気がする。だとすれば状況が悪かっただけで、彼自身は義理に厚い人間なのだろう。どう言い繕ったか知らないが、バチェル君も巧くやったものだ。

俺は店主の腕を掴み、無理やりに彼を立ち上がらせた。彼は力無く呟く。

「アキムさんには包丁やら何やらで、いつも世話になってる。……若くて元気がある奴が欲しいってんで、バチェルを紹介したのは俺だ」

項垂れる顔をこちらに向かせ、噛んで含むように言い聞かせる。

「アンタは騙されただけで、別に犯罪の片棒を担いだ訳じゃない。アンタに責任は無いし、この件で処断されることも無いとだけは言っておくよ。……で、いるんだな？」

店主は昏い目をしたまま、頷いて返す。消沈しているようでもあり、怒りを押し殺しているようでもある。いずれにせよ、もう俺を止めることはないだろう。

魔力を引っ込め、後ろに振り返る。男たちが飯を前に固まっていた。

「食事中に騒がせて申し訳無い。非礼を重ねる形になるが、どうか今日はお引き取りいただけないだろうか。せめてもの詫びとして、代金はこちらで持とう」

真っ直ぐに頭を下げ、様子を窺う。戸惑いや躊躇いが感じられたものの、最終的に男たちは仕方無さそうに出て行った。

店内には俺と店主だけが残されている。奥の気配が逃げる様子は無い。

短刀を仕舞い、代わりに鉈を抜く。

「一応言っておくけど、止めないように」

「そんなこと出来る訳ねえだろ。……俺は出て行かなくていいのか？」

「あんまり良くはない。でも、それだと納得出来ないだろ」

ある意味彼も被害者だ。ある程度の答えは欲しいだろう。

さて、ご対面といきましょうか。

貴族の務め

今、自分の胸に渦巻いている感情を何と呼ぶべきか。

怒りだろうか、悲しみだろうか。それとも、諦めだろうか。

名も知らぬ貴族と二人並んで、バチェルが隠れている部屋を睨みつけている。

親方と喧嘩をしたので行く所が無いというのが、アイツが逃げ込んで来た時の話だった。

何があったのかは話さなかったが、続けるにしろ辞めるにしろ少し時間が欲しいと言われたため、意外と冷静なのだなとは思った。

喧嘩というのは、ある意味嘘ではないのかもしれない。ただ、それでどうなったかを話さなかった以上、この貴族の言っていることを否定する材料も無い。

……いや、違うな。

俺は、俺は――バチェルならやるだろうな、と思ってしまっている。

そして、少なからず手をかけた人間が、事を誤魔化そうとしたことに苛立っている。しかもその内容が、俺の恩人でありアイツの師匠でもある人間を害したということに対し、吐き気すら覚えている。

誰のお陰で食っていけているつもりなのか。俺やバチェルのようなどうしようもない奴でも、面倒見の良い大人が投げ出さずに目をかけてくれているから、何とか生きていけるのだ。

腹の中で何をどう思ったって良い。相性ってものはある。だが、実際に手を出してしまったのなら、それは許されることではない。

そこまで行ってしまったら、俺達には本当に何も残らない。

握り締める手に力が入った。

「……あの部屋に鍵は？」

貴族が顎先で俺に問う。顔立ちは幼く実際に年齢も下なのだろうが、こちらへの圧が凄い。立場のある人間とはこういうものか。

内心で怯みつつ、問いに答える。

「一応かかってる。ただ、窓は無い部屋なんで、中から逃げられることもない」

口にしてから、敬語で話すべきだと気付いた。しかし、相手は気にした様子も無く、ただうっすらと笑って呟く。

「それは僥倖《ぎょうこう》」

この感情を、何と呼ぶべきなのだろうか。

バチェルは今日、ここで死ぬのだと、俺には解ってしまう。

◇

店主は扉を壊されるのが嫌だったのか、大人しく扉の鍵を俺に手渡した。中は単なる物置とのことで、バチェル君は人目につかないように引きこもっているそうだ。

さて。折角店主が協力的なのだから、汚損や破損はなるべく避けたい。鉈を出したは良いものの、使うことは無いかな？

気分が高揚していることを自覚する。感情の目盛が振り切れて、少しおかしくなっている。

こんなことをしたって、アキムさんの怪我が治る訳ではない。この状況下であれば依頼が達成出来なくても、伯爵家は工房を咎めたりしないだろう。金を奪い返すことで、工房が後々楽になるという程度だ。

だからこれは、完全に私怨だ。

俺は俺が不愉快な気分であるというだけで、人を殺そうとしている。その為だけに、家柄を使っている。

……知ったことか。

アキムさんがどのような手傷を負ったのかまでは聞いていない。それでも重症ということであれば、今後の活動に影響は出る筈だ。

力量のある職人が、下らない理由で傷付けられた。なら、俺が気に入らないなんて下らない理由で、相手が死んだって良いだろう。

深呼吸をする。油断はしない。『観察』と『集中』を起動して、鍵を開けた。

「……やあ、ご無沙汰」

「テメエ、何しに来やがった」

探していた顔を目にして、笑みが浮かぶ。

食堂での騒ぎが響いていたのか、バチェル君は健気にも短刀をこちらに向けて震えていた。万が一アキムさんへの暴行が冤罪であっても、この時点で既に殺す理由が出来ている。

貴族に対して刃を向ける意味はそれだけ大きい。

ひとまず、店主が中に入ったことを確認してから、後ろ手に扉を閉める。相手がいきなり飛び掛かってくることは無かった。

「何しに、ねえ。そんなことも解らないのか？　お前が工房から持ち逃げした金を取り戻しに来たんだよ。それと、アキムさんへの暴行の件もある。強盗は死罪だぞ」

「う、うるせえ！　俺が悪いんじゃねえ！　なんで俺がぶん殴られた挙句、頭下げなきゃならねえんだ！　あのおっさんが貴族に媚びるのは勝手だがな、俺にまでそれを強要するんじゃねえよ！」

「それが嫌なら辞めちまえよ。アキムさんを傷付けて、金を奪う理由にはならない」

「ハッ、こっちが下手に出てりゃあ、鬱陶しいことをぐちぐち言いやがるからだ。黙らせてやったんだよ。金だって、今まで稼がせてやったんだから、俺だって貰う権利があるだろ」

そんな権利は無いし、むしろ工房はコイツが作った穴を別の稼ぎで埋めていただろう。とはいえ……素直に白状してくれてこちらとしては楽だが、よくもまあこんなに怯えながら強がれるものだ。溜息をついて、横の店主を見遣る。彼は拳を握り締めて、気の毒なくらい震えていた。

俺はもう怒りなどという線引きはとっくに通り越して、どうすれば室内を汚さず首を飛ばせるかを考え始めている。まあ、いつでもどうにでも出来る案件だ。今はむしろ、店主の方が気がかりだ。

「状況は理解出来たか？」

「ああ、納得した」

「悪いけど、後はこっちに任せてもらうぞ。なるべく店に被害は出さないから」

「好きにしてくれ。俺はもう諦めた」

店主が何を言ったところで、バチェル君が死ぬことに変わりはない。態度によっては穏便な選択肢があったとは言え、もうそんな道も途絶えてしまった。

この不運な男を慰めるような言葉を俺は持たない。

「さて。店主の同意も得られたことだし、話を進めようか。君には三つの道が残されている。素直に罪を認め、伯爵家の手で処刑されること。親族に迷惑もかからないし、これが一番のお勧めだね。二番目は今ここで俺に殺されること。苦しんで死ぬかもしれないし、あまりお勧めはしないかな？　三番目は、俺達を殺してまた逃げること」

三番目は不可能だし、万が一成功しても、クロゥレン家とミズガル家が総力を挙げて彼を血祭りに上げるだろう。実際の選択肢は二つだけで、いずれにせよ彼はもう詰んでいる。

まあ、それが理解出来るようなら、最初からこんなことにはなっていない、か。

「お前みたいなガキを、俺が殺せないとでも思ってんのか？」

「腰が引けてるぞ、せめて真っ直ぐ立ってからそんな口を利けよ」

発言に、素で呆れてしまう。度胸があるのか無いのか解らない奴だ。勢いだけで突き進んでいる割に、意外と小心者なのかもしれない。

それでも、意思は伝わった。悪足掻きにすらならないにせよ、当人がその道を選ぶのだから相手になろう。

「やるのはさておき、ここで暴れるのもなんだ。表に出ようか」

「後悔すんなよ、本当にやるからな」

「しないよそんなことは」

バチェル君にわざと背を向けて先を行く。後ろから襲われたとしても、対応には困らない。周囲を意識しつつ戸口を開ける。少し期待したものの、結局奇襲は無かった。

俺、店主、バチェル君の順番で店を出る。店の脇にちょっとした空き地があったので、そちらに移動した。多少草が点々としているだけの、お誂《あつら》え向きの場所だ。

しかし、どうしたものか。

今でも殺す気でいるものの、白を切られた訳でもなく、脅威がある訳でもない。適当に痛めつけて伯爵家に引き渡した方が、後々で覚えは良いだろうか。今になってこんなことで迷っている。

何だろうか。相手が間抜け過ぎる所為で、気を削がれているのだろうか。

――コイツのこういう馬鹿なところを、アキムさんは気に入っていたのだろうか？

考えても詮無きことだ。俺が招いた事態なら、やはり責任は俺が取らねばなるまい。

息を整え、鉈を逆手に握る。これは決闘ではない。だから名乗りは上げない。

ただせめて、相手の準備が終わるまでは待つ。バチェル君は暫く震えていたものの、やがてそれも収まったのか、険しい顔でこちらを睨みながら構えた。

「ッ、らあああああ！」

バチェル君は雄叫びを上げると、両手で握り締めた短刀を前にして突っ込んで来た。

「オラッ、オラァッ！」

威勢は良くとも、右に左にと振られる短刀は酷く遅い。

想像以上の弱さにたじろいだものの、俺は体を傾けてそれを躱し、足首を蹴り飛ばす。

倒れた拍子に呆気無く落ちた短刀を見て、酷く悲しい気持ちになった。

根拠の無い強がり。有能を主張する浅ましさ。欠片も感じられない研鑽。

研ぎ師が持つにしては、あまりに鈍《なまく》らな刃物。

「いってぇな、ちく、しょうが！」

毒づいて相手が立ち上がる。こちらを警戒しているようで、まるで出来ていない。

何故俺は、俺達は、こんな奴のために。

踵で地面を鳴らす。それと同時、地面から突き出した石の針が敵の足を縫い留める。

「ぎぁ、ああッ！　テメエ、何しやがるッ」

「騒がしいな」

鳩尾《みぞおち》に拳を捻じ込んで、相手を地面に転がす。それと同時、水の膜で口を塞いだ。窒息死でも悪くはないが、処刑の華はやはり斬首だ。鼻は塞がないようにしつつ、首から下を石の箱で固める。

鉈を使うまでも無かったな。

顔の真上に立ち、相手を真っ直ぐに見下ろすと、瞳に怯えが浮かんでいた。ようやく自分の死が間近にあると実感したのだろうか。

俺は異能を解き、全力で陰術を練り上げる。元々は大型魔獣を傷付けずに仕留めるために作った、麻酔用の術式。掌に生み出した水にそれを乗せ、相手の鼻から注ぎ込んだ。魔術強度の低い人間に対してこれを使うと、意識を失ったまま死んでしまう。もし死なかったとしても、自力で目覚めることは無い。

バチェル君は首を振って嫌がったが、抵抗も虚しくすぐ眠りに落ちた。

「何をしたんだ？」

「寝かしつけた」

店主は目を瞑ったまま天を仰ぎ、深くゆっくりと息を吐いた。

「俺の所為で、気を遣わせてしまったか？」

「まあ多少はね？　でも、別にアンタの所為でもないんだ。どうしたって殺すんだから、暴れない方がいいかと思っただけで」

痛めつけてやりたいとは考えた。しかし、あまりに本人が無様かつ哀れで――アキムさんがコイツを気にかけた理由も、なんとなく解ってしまった。

「取り返しのつかないことってのは、やっぱりある。バチェル君が何歳だか知らんけど、成人してるならやったことの責任は取らなくちゃいけない。ただ、それが若さに起因するものなら……多少は容赦をしたって良いと、そう思った。俺は中途半端なんだろうね」

俺の苦笑いに、店主は首を横に振って応える。

「少なくとも、俺はアンタを恨んだりしない。アンタが寛大な貴族であることに感謝するよ。だから、やるべきことをやってくれ」

やるべきことが何かを知った上で、それでも彼は俺を止めなかった。その覚悟には敬意を表する。

ならば、貴族の流儀に則って事を進めよう。

魔力を魔核に込め、長剣を作る。急拵《ごしら》えで造りは雑の一言だが、斬る分には問題無い。

貴族社会は長剣の文化なので、処刑もそれに沿うべきだ。

剣を空へと掲げ、上段の構えを取る。そのままの体勢で魔力を核へと流し続け、剣を真っ当な形へと整えていく。ただ一撃、首を刎ねるためだけに、武器を洗練させる。

渦を巻いた魔力がそのまま結晶化するように。

鋭さというものを形にするように。

「バチェル君は正式な名前は何と言うのかな?」

「バチェル・センクだ」

「そう。——では、バチェル・センクを強盗の罪により、死刑に処す。処刑はクロゥレン子爵家、フェリス・クロゥレンが執り行う」

宣言し、長剣を振り下ろす。

石の棺ごと、首が宙に跳ね飛んだ。

ああ。長い一日が終わろうとしている。

上に立つ者

先を進む貴族の後に続く。俺も相手も特に口を開くことは無く、静かに時間が過ぎていく。頭の中がまとまらず、ただ足を引き摺って、前へ前へと進んでいく。バチェルの強奪した金を入れた鞄が、掌に食い込んで痛む。

色々なことが一気に起こり過ぎて、現実感が乏しい。酷い眩暈がする。悪い夢でも見ているかのようだ。

斜め後ろから覗き見れば、哀れなバチェルの首は、氷に覆われた状態で貴族の腕に抱えられている。目はきつく閉じられていても、苦しそうな表情とまではいかない。

友人であり後輩でもある男が死んだ。それでも、原因となった名も知らぬ貴族の彼を恨む気にはならなかった。

アイツが不勉強だったことは事実で、無礼であったことも間違い無いだろう。とはいえ、伯爵家の方々は理不尽を強いるような性格ではないのだから、ひとまず頭を下げれば良かったのだ。

我慢すべきことは我慢し、謝るべきことは謝る。そんなものは子供の内に教わることだ。権力に逆らうことが格好良さの証明になる訳ではない。

バチェルは本当に、単なる無駄死にだった。そして、こんなことで他者をいちいち手にかけなければならない貴族という生き物が、何だか気の毒に見えた。

「……なあ」

「ん？　どうした？」

ふと、気になって沈黙を破る。

「アイツを除いて、今まで、人を殺したことはあったのか？」

軽々しく聞くことではないとは解っている。ただ、俺よりも一回りは若いであろう人間が、どういう時間を過ごして来たのか。それが知りたかった。

「ああ……あるよ。バチェル君を含めれば七人だね」

平坦な口調で、彼は昔の殺人について説明をしてくれた。かつての相手は、領内に侵入してきた盗賊達だったらしい。当たり前の慣例に従い、彼は今回と同じく敵を処した。

感情を抑えて語るということは、殺しをあまり好んでいないということだろう。俺は貴族というものをよく知らないが、彼の在り方はやけにしんどいものに思える。

義務と権利と責任と。

この若さでそれを背負って歩くなんてのは、俺だったら投げ出してしまうような話だ。

しかし、それから逃げないからこそ、貴族という立場でいられるのかもしれない。

「俺には貴族は無理だなあ」

「別になりたくてなった訳ではないよ？」

「そりゃあそうだろうよ」

誰も彼もが簡単に貴族になれる筈もない。誰にだって身の丈にあった立場というものがある。結局、俺には食堂の店主が丁度良いのだ。

そして、今後も店をやって行こうというのなら、己の潔白を証明しなければならないのだ。

犯罪に加担した訳ではないにせよ、アイツを匿っていたことをどう話すべきなのか。

「……伯爵様に会うかと思うと、気が重いな」

「別に咎められたりはしないでしょ。俺も口利きくらいはするよ」

「その辺は申し訳ないが任せる。巧く喋れる気がしない」

伯爵様にも、アキムさんにも、バチェルの家族にも――言えることなんてほとんど無い。

アイツの死を穢さないような言葉を探して、俺は考え込んでしまう。

◇

腹が立って人を殺しただけの話を、どう説明すべきか。そんなことを悩んでいるうちに、伯爵邸の前に着いてしまった。言い訳は未だに出来ておらず、生首の入った氷塊を持て余している。とはいえ、人の家の前でこんなものを抱えたまま、うろうろしている訳にもいかない。

重い足取りで門を潜る。頭の中で、幾つかの予想を立てる。

単独行動については咎められそうな気がする。伯爵家の兵と連携すべきだったことは事実だ。今回の件は、俺が独断で動いた結果、たまたま巧く事を運んだようにしか見えない。

後はやはり、身柄を引き渡さずに相手を処断したことは指摘されるだろう。誰が殺すかが違うだけで、バチェル君の結末が変わるものではなかったのは確かだが、捕獲出来なかったのかを問われれば出来ましたとしか俺には言えない。

頭に血が上って飛び出した結果、伯爵家の面子を軽く潰した感がある。

「どうした？　入らないのか？」

俺の様子を訝しんだ店主が率直な疑問を呈する。俺は唇を半分曲げて白状する。

「俺がバチェル君を罰する権限はあるんだけど、これって伯爵領で起きた犯罪だから、本来は伯爵家が処理すべき案件なんだよ。文句を言われるような話ではないにせよ、まあ、良い顔はされない」

店主は口を大きく開けて、唖然としていた。

「アンタ伯爵家より格上の貴族なのか？」

「いや、格下なんだよね、これが」

「大丈夫なのかよ……」

そこに自信が持てないという話じゃないか、そう続けようとした時、入り口からビックス様がこちらへと向かって来た。

「大丈夫ですよ、今回の件でフェリス殿を咎めるつもりはありませんから」

「お戻りでしたか」

「フェリス殿が出撃したと聞いた時点で、街の外周以外の兵は退かせましたからね。私は中心で統括という訳です」

「お手間を取らせました」

逃がしさえしなければ、いずれは俺がバチェル君に追いつくと考えた訳だ。包囲が済んでいたのであれば、脚に負荷をかけてまで飛ぶ必要は無かったな。『交信』で知らせてくれればと考えたものの、そうなると他の面々とやり取りが出来なくなるだろうし、やはりこういう形にしか出来なかったか。

まあ終わったことだ。最終的に俺とビックス様の目論見通りになったのだから、問題はあるまい。

少し黙っていると、不意にビックス様は俺に対し真っ直ぐ頭を下げた。急な対応に戸惑ってしまう。

「ど、どうしました？」

「本来こちらで成すべき仕事を解決していただきました。ありがとうございます」

「……いいえ。罪人を裁くことは貴族の責務です。俺はそれに従っただけに過ぎません」

むしろ、それを理由に自身の殺人を正当化しただけだ。何一つ礼を言われるようなことは無い。しかし、ビックス様は首を横に振って俺の言葉を否定する。

「ならば、貴方は我々伯爵家の人間に代わり、貴族の役目を果たしたのです。それは誇るべきことであって、引け目を感じることではありません。……本来は一番最初の段階で、私が彼に思い知らせるべきだったのでしょう。貴族という生き物が、どういうものであるのかを」

それを言うなら、ビックス様からその機会を奪ったのも俺になるはずだ。彼が無駄に手を下さないよう、勝手に動いたのは俺なのだから。

自分だって解っているだろうに、それでもそんなことを言うのか。

俺は相手の言葉を否定しようとして、止める。ビックス様はきっと結論を翻すことは無い。このまま行っても、お互い不要な謙遜を続けるだけになるだろう。

代わりに俺は跪き、上位者への礼儀を尽くしながら首を献上する。こちらの所作を見て、店主も慌ててそれに倣う。

「バチェル・センクの首をこちらにお持ちしました。後ろの彼は……今回の件の協力者です。あちらはアキム師の所から持ち出された金銭ですね」

「ご苦労様でした。……因みに、協力者とはどういった経緯でそんなことに？」

一瞬後ろを盗み見る。店主は静かに頷いて俺に返した。当初の予定通り任せる、ということだろう。

俺は辛山へ辿り着き、バチェル君を処刑するまでの流れを説明した。店主が共犯扱いされないよう、バチェル君が事実を伏せていたことも併せて念押しする。

ビックス様は経緯を黙って聞いていたが、最後には首と金を恭しい態度で受け取った。

「店主、貴方の名は？」

「サイジェ・バルクです」

「そうですか。……サイジェ、騙されていた貴方を責めることはしません。むしろ、事件に協力してくれたことで、解決を早めてくれたと言っても良いでしょう。店はこのまま続けてください。後で報酬を用意するので、その時までこの地を離れることはしないように」

そう言ってビックス様は店主の手を取り、体を引き起こす。感動に震える店主を尻目に、俺は穏便に進む状況への違和感を拭い去れずにいた。ビックス様個人の心情はさておき、家という視点で見れば、俺が称賛される要素は無かった筈だ。こんな都合の良いことがあるか？

「フェリス殿は何を気にしておられるのですか？」

俺の不審感を察知したのか、少し笑ってビックス様は問いかける。本来ならば、上位者の裁定にやらかした側が異論を唱えるなど、あって良いことではない。こちらが有利になる形であれば猶更だ。

しかし、俺にそれを問うのであれば、相手としても織り込み済みということだろう。

「今回の私への判断について、伯爵はご存じなのですか？」

「勿論です。そもそも、決めたのは父ですから」

それだとますます解らない。評価されるほど、伯爵とやり取りをした覚えは無い。むしろやらかした案件がバレないように、接触を避けているくらいだ。

思わず眉を顰めると、相手は表情を正す。

「『今回は伯爵家がではなく、お前が殺すべきだった。その自覚がお前には欠けていた。むしろ我々は彼に報いなければならないのだ』。……父の言葉です。独断などと気にするのであれば、何よりも私が動かなければならなかった。私は——貴方が真っ先に駆け出したと聞いて、手を緩めたのです。貴方ならば間違いなくやり遂げると思ったし、私は人を殺したことが無かったから」

言い切って、息を吸う。

「私の甘さが、貴方に手を汚させた」

それは、無用な懺悔だった。

気にするまでもなく、俺の手は汚れている。そもそも貴族として生きていれば、処断などいずれは経験することだ。たまたま俺はそれが早くて、ビックス様は遅かった。それだけの話だ。

溜息をつく。

結局、そういうことも含め、自覚的ではないということになるのだろう。

俺は縮めて隠し持っていた、処刑用の長剣を元の大きさに戻す。飾りも無い、不格好だが只管に鋭いそれの柄を、ビックス様に向けた。

「彼の命を奪った剣です。出来は正直良くありませんが、差し上げましょう。これがビックス様の戒めとなることを祈ります」

他者の命を奪わずに過ごしていけるなら、それが一番良い。だが、その道を選ばないというのなら——貴族であろうとするのなら、血に塗れて生きるしかない。

上からの発言だが、今の彼の在り方であればこんな剣で充分だ。

ビックス様は顔を歪めて笑い、金を放り出すと、柄を掴み取った。

「いずれ私が貴族として正しい在り方になった時は、これを仕上げてくださいますか」

「約束しましょう」

彼は跪いて、首と剣を抱き締めた。

今日この時、正しさを求める貴族が生まれた。遠くない未来に、彼が伯爵としてこの地を治めるだろう。

誰も彼も立派なことだ。ままならぬ我が身を振り返り、そう思った。

次なる地へ

結局のところ、私の力は敵を討つためのものであって、人を癒す力ではない。

フェリスの指示に従い、シャロット医師に協力をしたものの、アキム師の治療は巧くいかなかった。急所を庇うために滅多刺しにされた腕が——元の状態には、戻らなかった。

傷口が塞がり出血が止まっても、それは見た目だけのものだ。まともに動かせるようになるだけでも、相当の努力が必要だろう。

研ぎ師としての今後は絶望的と言える。

「私に……もっと、力があれば」

呟く横顔には、どうしようもない悔いが覗いている。私が見る限りでは、悲嘆するほど腕が悪い訳ではない。ただ、状況を引っ繰り返せるだけの才も能力も、今の彼女は持っていなかった。

「シャロット先生、貴女は最善を尽くしました。これ以上もこれ以下も無い。なら、この経験を糧にするしかないでしょう」

「……ええ、そうですね」

噛み締めた唇から血を滴らせつつ、彼女ははっきりと返答した。瞳に激しい怒りと悔しさが浮かんでいる——心は折れていないようだ。だったら、彼女はもっと成長するだろう。

救えなかった人間の数が、医者を形作る。かつて母がそう言っていたことを思い出した。

「……シャロット先生。もしよろしければ、私の母に師事してみませんか？」

「ミルカ様の母上と言いますと……『天医』ミスラ・クロゥレン様ですか？」

ああ、そう言えばそんな仰々しい称号だったか。

本人は熱心な医者という訳ではないのだが、とにかく腕は良い。それに、子供が全員成人して暇を持て余しているようだし、後進の育成くらいやってくれるだろう。

「ええ、そうです。より多くの知識や技術を求めるなら、先達が必要となるでしょう。貴女に医術を教えられる人間は、母くらいしか思い当たりません。私は、貴女が優れた医者になってくれるのなら嬉しい」

「教えを乞えるのであれば望外の喜びではありますが、何故私にそのような機会を？　人を救うには、私はあまりに未熟で無才です。子爵家の方に目をかけられるだけのものは持っていません」

それは違う。彼女の言には間違いがある。

「理由は二つ。私が貴女を気に入った。そして、フェリスが貴女の腕を認めている。技術なんてものは、今後解決していくべき課題でしょう」

私は彼女を見据え、彼女は答えに窮する。しかし相手が口を開くより先に、嗄れた声が響いた。

「……そうだな、自分の腕が悪いと思ったんなら、そこから学んでいけばいいさ。それで、俺の体をもっと良くしてくれよ」

振り向けば、先程まで眠っていたアキム師が、うっすらと目を開いてこちらを眺めていた。その顔には、隠しきれない苦痛が浮かんでいる。

「起こしてしまいましたか。アキムさん、無理をしてはいけません。今は休んでください」

「いや、気にせんでくれ。あちこちが痛えから、暫くは眠れん気がする」

薬と魔術で誤魔化していた意識が戻れば、体が痛みに気付いてしまう。しかし、顔を顰めてはいても、アキム師は冷静だった。

はだけた胸に手を翳し、軽く風を流す。汗で湿り、火照った体を少しだけ冷ましてやった。

「……ああ、涼しいなあ。良い気分だ」

言葉通り、アキム師は心地良さそうに目を細める。その様子を眺めながら、彼がどれだけ状態を自覚しているのかを考えた。職人としての道がほぼ断たれたことは、どうしたって説明しなければならない。でもそれは、容態が安定してからにすべきだろう。

シャロット先生を盗み見る。彼女は表情の抜け落ちた顔で、微かに首を横に振った。やはり私と同意見で、時期を改めた方が良いという判断か。

アキム師はそんな私達を仰ぎ見て、諦めたように唇を曲げる。

「……隠さねえで、教えてくれよ。さっきの話からすると、俺はだいぶ悪いんだろう？」

話を一部でも聞かれていた以上、その事実には思い至って当然だ。やがて誤魔化しきれないと感じたか、シャロット先生は絞り出すようにアキム師へ告げる。

「腕の傷が深すぎて、私の力では完治させられませんでした。研ぎ師としての仕事以前に、日常生活を一人でこなせるようになるだけでも、かなりの時間が必要です」

「そうか……」

それきり二人は黙り込んでしまう。お互いに、目は逸らさなかった。

暫くして、アキム師はふっと息を抜いて天井を仰ぐ。

「命があっただけでも、良しとすべきなんだろうな。ありがとう先生……すまんが、少し一人にしてくれないか。考える時間が欲しい」

「解りました。何かあったら呼んでください。私達は隣にいますから」

「おう、悪いな」

部屋を出て、後ろ手に扉を閉める。窓の外は日が暮れようとしていた。

◇

伯爵領、最終日。

包丁の出来を確認したり、辛山へ食事に行ったりして日々を過ごしたが――結局、アキムさんとの面会は叶わなかった。

世話になった者として、依頼を受けた職人として、最後にもう一度会っておきたかった。

弟子を殺した俺が合わせる顔は無いにせよ、それでもけじめとして、アキムさんと会うべきだと思っていた。しかし、研ぎ師としての道を半ば断たれた今、彼は精神的に不安定になっていた。

会うべきではない。シャロットさんは病室の前から動かなかった。

また俺は、彼に対して悔いを残すこととなる。せめて今後の旅の途中で、何か傷を癒す術を見つけられたのなら、それを伝えようと頭に刻んだ。

「……さて、と」

荷造りを終えて、今後の日程を考える。

中央を目指す道中にある、レイドルク侯爵領へとまずは向かう。ビックス様が同行することになった関係で、獣車を出してもらえることになったため、道中は少し楽になる。

ビックス様は、大角の一件で侯爵から呼び出しを受けたらしいが……俺に召喚状は届いていない。事態を把握していて、家格のある者が一人いれば、聞き取りは充分という判断なのだろう。

まあ、俺は俺で別の用事がある。お偉いさんからの呼び出しなんて無い方が良い。

棒を振りながら門前で待っていると、ミル姉とバスチャーさんが見送りに来てくれた。

「よう、そろそろ行くのか？」

「ええ……わざわざ来ていただいて、ありがとうございます」

「気にすんなよ、こっちこそお前には世話になったしな」

バスチャーさんがいつもと変わらない笑みを見せる。包丁を変えてから、仕事が楽になったと彼は言ってくれた。ありがたい話だ。

俺達は握手を交わして頷き合う。

「アキムのことはこっちでも気にしておくよ」

「お願いします。後は、依頼されてた包丁なんですけど……」

俺は剥き身のままの包丁を取り出し、バスチャーさんに見せる。

「依頼の通りに作ってはあります。ただ、本人と途中で打ち合わせが出来なかったので、調整が済んでいません」

「それについてなんだが、隣の侯爵領にアキムの息子がいる。息子も研ぎ師でな、ソイツに仕上げを任せちゃくれないか。終わった後の引き渡しも、そっちにやらせるから」

急に息子の話が出て来たため、詳細を求める。

よくよく考えれば当たり前の話なのだが、父親の進退に関わる話なので、隣領の息子にはすぐに報せをやったらしい。その中で、俺が依頼を受けていた包丁が行き場を失っていることを知り、ならば自分が仕上げると手を挙げてくれたそうだ。加えて、抱えている仕事が終わればこちらでアキムさんの後を継ぎ、今後は伯爵家の仕事を処理するという。

聞いた感じから察するに、俺の包丁は彼の技量を示すための試験となるのだろう。

親の金銭問題の責任を取るだけでも、後継者の資格はあると思うが……まあ、余所の家庭の在り方を問うても仕方が無い。腕があった方が工房の維持がしやすいというのも事実だ。どういう形になるにせよ、息子が戻って来られるのであれば、それは幸いなことだと思う。

「しかしそうなると、金も息子さんからですか？　知っての通り、最低二十万としか決めてませんよ？」

「そうか、その問題があったなあ」

すると、黙って話を聞いていたミル姉が口を挟んだ。

「じゃあそうね、アキム師の見舞金代わりに、私が二十万出すのはどう？　大角の依頼料も払ってないし、併せて四十万」

金が貰えるなら、俺に文句は無い。しかし狩りの手伝いはさておき、包丁はミル姉が支払う筋のものだろうか？

俺は眉を顰めて、ミル姉に問う。

「……何が条件だ？」

「条件というほどのことではないけどね。私が最低価格を保証するから、アンタはアキム師の息子の言い値で包丁を売りなさい。そして、その値段を伯爵家へ正直に報告する。アキム師の後を継ぐのなら、伯爵家の仕事を今後請け負う訳でしょう?」

「まあ俺は良いけど……」

バスチャーさんが俺の仕事について、三十万でなお安いと評したことを、この場にいる面子は知っている。今回は刀身を敢えて甘く作ってあるので、俺が提示した二十万前後が妥当な金額になるだろう。

だから、理由も無くそれを下回る金額を提示してしまうと、彼は見る目を疑われる。

部外者であるミル姉が、さり気に一番恐ろしい試験をぶち込んできたな……。

意味を理解したバスチャーさんも、軽く引いていた。

「いやはや、貴族家の当主ともなると、考えることが違いますな」

「価値が解る人であることを期待しよう……」

親の仕事を理解していれば、下手は打つまい。機会を活かせなければそれまでだ。

ミル姉の陰謀はさておいて、俺はバスチャーさんから息子の店の場所を聞き出した。職人としてはそこそこ名が売れているらしく、解らなかったらその辺の人に聞けば大丈夫とのことだった。

隣領でやるべきことは、その店に行くことと、侯爵家に挨拶に行くくらいか。長期の滞在にはならないな。

そんなことを考えていると、ミル姉がふと疑問を口にする。

「そういやフェリス、ビックス様と一緒に侯爵家へ行くの？　行くなら手土産があった方が良いわよ」

「ん？　元々あそこの次男は友人だし、挨拶には行くつもりだったけど……土産って普通は何持って行くんだ？」

「大体は自分の領の特産か、相手の領地では入手しにくいもの、って所かしら。まあ親しい間柄であれば、とやかく言われることは無いと思うけど」

なら道中でちょっとした細工物でも作るか。書簡でのやり取りを続けていたとは言え、実際に会うのは七年ぶりだ。通例に対して、職人仕事で応えるのも良いだろう。

うん、大体の流れは出来たかな。

屋敷の方の気配からして、ビックス様も準備がそろそろ終わりそうだ。

「じゃあ、バスチャーさん。包丁は息子さんにお渡しするので、祈りましょう」

「おう……」

「あはは。またお会い出来る日を楽しみにしています」

「そうだな。こっちに来たら、また店に来い。良い物を食わしてやるから」

「ええ、その時は是非。ミル姉も、演習で苦労することは無いだろうけど、まあ頑張って」

ミル姉は腕を組んだまま、唇を軽く持ち上げた。

「そっちこそ、侯爵家に失礼の無いようにね」

「出来る限りのことはするよ」

友人の妹とは頗《すこぶ》る相性が悪いので、確たることは言えない。ただ、敢えて口にするようなことでもないだろう。


さて。

体をぐっと伸ばす。ビックス様がこちらへ向かって来るのが見えた。

「じゃあ、行ってきます」

「行ってらっしゃい」

「気を付けてな」

またここに来る時は、この二人にもアキムさんにも、良い報告が出来ますように。

目を細めて空を見上げれば、雲一つ無い晴天。旅立つには良い日だ。

さらば伯爵領。お世話になりました。

書き下ろし番外編

森の中

SECOND SON
OF THE CLOUREN FAMILY

「ミルカ様……フェリス様は本日も自室におられないようです」

「そう。ちょっとこっちで探してみるから、貴方は仕事に戻りなさい」

「畏まりました」

想像した通りの報告に頷いて、グラガスを下げる。野戦装備に着替え、短剣を片手に敷地から外へ。

僅かな焦りを押し殺して、森へと踏み込んだ。

家人の目を盗んで、最近、フェリスは屋敷を抜け出しているようだ。

一日の大半を家の中で過ごしていれば、流石に鬱屈もするのだろう。気晴らしを求めて外出したくなる気持ちは理解出来る。

ただ、そうは言っても――正規の訓練を受けた訳でもない七歳の子供が、魔獣蔓延る森の中に足を踏み入れるなど、自殺行為でしかない。間違いがあってからでは遅いのだ、すぐさま連れ戻す必要がある。

頭上から落ちて来た虫を風壁で磨り潰しながら、今のフェリスがこの環境に対応出来るか考える。

絶対に無理だ。いつどんな魔獣と出会うかも解らない土地で、いつまでも不運を避けられる筈が無い。

そもそも、屋敷の周囲を警戒するため人を配置しているのに、連中は何をしていたのか。入って来る人間だけでなく、出て行く人間にも気を配るべきだろう。放置したのであれば怠慢でしかないし、察知出来なかったのなら腕が悪過ぎる。

しかし、人手が足りな過ぎて、迂闊に切り捨てることも出来ない。

儘《まま》ならない現状に歯噛みしながら、足を進める。時折立ち止まって、周囲の気配を探りながら、慎重に奥へと向かう。

さて隠れるとして、何処が一番それらしいか。

家にいろと命じられているのに外へ出たのだから、まあ人目は避けるだろう。子供特有の、自分を見て欲しいと乞うような我儘な振る舞いをフェリスはしない。いや、欲求はあるのかもしれないが、それを殊更に見せたりはしない。

環境の所為も多々あるにせよ——フェリスは頭が良く、淡々としていて、執着心が無いように見える。

いや……家族らしい当たり前の交流が出来ていないのだ、私達に拘る理由は無い、か。

内心で自嘲する。

いつからこうなったのだろう。強くなるのが嬉しくて、自分らしくあろうとして己を鍛えていたのに、気付けば柵ばかりが増えている。跡目争いなんて下らないだけだ。選ばれるのが私にせよジィトにせよ、フェリスが放置される理由にはならないのに。

私がフェリスにしてやれることは無いだろうか？

好かれようなどと、烏滸《おこ》がましいことは思わない。ただせめて少しでも、居場所を作ってやりたい。

……その居場所を探している弟を、連れ戻そうとしている人間の考えることではないな。

自嘲しながら歩いていると、ふと気配が網に引っかかる。この方向は……湧き水の場所か？　程々に視界も開けていて、休憩には丁度良い地点だ。

ただ、気配が若干乏しい気がする。疲れているくらいなら良いが、怪我をしていたら厄介だ。

急いで現場へ向かう。

茂みを掻き分け、葉で頬を擦りながら奥へ。ようやくフェリスを見つけ、声をかけようとして息を飲んだ。

樹々の切れ間から日が差し込んでいる。その光の筋に紛れるようにして、フェリスは切り株に腰掛けたまま瞑想をしていた。周囲には細い水の糸が張り巡らされ、淡く輝いている。

結界にしては脆く、接近を知らせるくらいの機能しか無いが——光景が美しい。

そして一拍遅れて気付く。誰が教えた訳でもない筈なのに、陣を張れるのか？

地面を見据えていた瞳が、ゆっくりと持ち上がった。静かで穏やかな視線が、私に向けられる。

「……ミル姉か。どしたの？」

「アンタを迎えに来たんだけど」

「ああ、そっか。糸が邪魔だね」

呟きと同時、糸が形を失って地面に落ちる。雨上がりのような視界に、溜息を押し殺した。

濡れた地面を踏みしめると、魔力の残滓《ざんし》が足裏を打つ。術式を即座に消し切れない――その辺はまだまだだか。

私はフェリスの手近にあった岩に寄りかかり、目線を並べる。

「ここで魔術を練習してたの？」

「うん。家の中でやれるほど、安定してないからね」

魔核を弄っているとは聞いていたし、魔力量については鍛えられているのだろう。それなりの範囲に魔術を行使した後でも、息が整っている。

……そうか、改めて見ると、練習には良い場所だ。

最初から湧き水があるのだから、それを使って水術を試すことが出来る。それに、元々ある物を使っているから、森を乱すことも無い。

「あの糸は独学？」

「独学と言うと偉そうだね。単に、細く長く伸ばせるかを試してただけだよ」

これくらいの年齢であれば、威力や規模を求めるだろうに……まず最初に精度を求めるのか。

上達したいなら確かにそれが一番の近道だ。制御出来ない力など、むしろ持つべきではない。ただ、そこに最初に手をつけると、どうしても出力不足に悩まされる筈だ。

無力な時間が長引くことを気にしていない。その精神性が珍しくも恐ろしい。

「これからも、この場所で練習するつもり？」

「そのつもりだったけど……良いとは言ってくれなさそうだね」

フェリスの姿を上から下まで見回す。そこまで汚れていないということは、ここまでに戦闘は無かったということだろう。

運が良かっただけなのか、何かしらの対処しているのか。いずれにせよ、フェリスはまだ魔獣と向き合えるだけの強度を身につけていない。拘りは理解出来ても、単独行動を認めるべきではないだろう。

「この場所を使いたいなら、誰かと一緒に来ることね。それが嫌なら、ジィトから体術の基礎を学びなさい。無事に帰れるだけの強度になったなら、単独行動を認めても良い」

答えが気に入らなかったのか、フェリスは唇を曲げる。しかし、出て来た言葉は予想とは違っていた。

「そこでジィト兄に頼って大丈夫なの？　厄介者を押し付けたって、立場が悪くなるだけじゃないの？」

——ああ。

やはりこの子は、そこまで理解しているのか。

フェリスは思っている以上に、状況について把握している。教育らしい教育など受けていないのに、見識の甘さなど無く、高い知性で物事を判断している。

武に偏り過ぎた私やジィトが持っていない、稀有な才能。

この子を伸ばしてやりたい。

私は顔を引き締め、返答する。

「ここはクロゥレンの領地よ。決定権は他の誰でもない、私達にある。だから文句は言わせない」

いずれ、配下のフリをした不穏分子の粛清があるだろう。それまでは大人しくしているつもりだったが、フェリスが蔑ろにされる時間を長引かせたくはない。

フェリスは暫く私の言葉を咀嚼し、困ったような苦笑いを浮かべる。

「……そうだね。うん、ミル姉にはそれだけの力があるよ」

自分にその力は無い、と続けたいのだろう。だから私は首を横に振る。

「アンタだって、その程度の力はいずれ持つことになる。権力にしろ武力にしろ、早めに慣れておかないと後が大変よ」

少なくとも、七歳の自分とフェリスを比べれば、フェリスの方が出来が良い。自分の価値がどれだけのものか、フェリスは自覚するべきだ。

私は弟の頭を撫で、目を細める。

「アンタは伸びる」

私が伸ばす。

「基礎練習の方法くらいなら、私も教えられると思う。私とジィトを巧く使いなさい。アンタが思っている以上に、アンタの周りには味方がいる……だから、見極めなさい」

じっくり『観察』すれば良い。

相手が本当に信に足る者かどうか。

信頼出来る者と共に歩めるという事実が、これからの生を豊かにする。

「……出来るかな？」

「出来る。私はそう思う」

だからまず、自らに信を持つと良い。

「そっか。自覚はいまいち無いけど、ちょっと意識してみようかな」

「ええ」

受け入れるべき点は素直に受け入れることが出来る。これも美点だろう。

手を差し伸べると、フェリスは少し嬉しそうにはにかんで、握り返してくる。

一緒に帰ろう。

手を繋いだまま、私達はゆっくりと歩き出した。

番外編

おろかなものたち

SECOND SON
OF THE CLOUREN FAMILY

※この番外編は本編「更に闘う者達」と「弟の出来」の間のお話です

水壁が解除され、毒水が大地へと広がる。中心には動かない二人が、ただ重なり横たわっている。

「ビックス様は近づかないでください、毒に触れると危険です」

「しかし、あれは拙いだろう。何か出来ることは？」

「我々の獣車の中に、薬が入っています。赤い箱を持って来て下さい」

「解った、待っていろ」

ビックス様が獣車へ向かうと同時、俺は体内で魔力を巡らせる。陰術は陽術で打ち消せるとはいえ、元がフェリス様の魔術だ。格上の術を無効化するには時間がかかる。

二人は起き上がる気配が無い。

途中武器による戦闘に注力したため、フェリス様の魔力は残っている筈だ。意識があろうと無かろうと、魔力が残ってさえいれば、『健康』がフェリス様を生かしてくれる。鍛え上げられた『健康』はそれだけの力を発揮する。

だからこそジィト様も本気になってしまったのだろうが……これは完全にやり過ぎだ。迂闊な行動で引き際を見失い、却って被害を広げてしまった。

二人の生命力に対しての信頼はあるものの、万が一の不安を拭い去れない。

毒の除去を投げ出して駆け寄りたくなる衝動を、どうにか抑え込む。ここで焦ったら共倒れだ。酷くもどかしい時間をかけながら、二人までの最短距離を確保する。

「ふぅ――はぁ――」

意識を集中し、活性の陽術を二人に向かって打ち込んだ。反属性によって陰術を少しでも薄めると同時、彼らが本来持つ肉体の機能を呼び起こす。

暫く続けていると、ビックス様が薬を見つけて戻ってきた。

「これか？」

「ええ、それです。中にある小瓶を、ああ、全部種類は同じです。とにかく片っ端から振り撒いてください。そう、顔の辺りに」

ビックス様も伯爵家の子息であれば、中身に想像はついているだろう。貴族は外出時に、慣例としてその家において最も効果の高い秘薬を持ち歩く。使われないことが前提のお守りだが、有事の際には役に立つ。

術をかけ続けながら、二人の様子を窺う。蒼白だった顔色が、薬の効果で微かに赤みを帯びてきたように思える。胸も上下しているし、死んではいないようだ。

まだ油断出来る状態ではないものの、最悪は避けられたようで胸を撫で下ろす。ただこの有り様では、二人とも回復にはかなりの時間を要するだろう。ジィト様に至っては薬以外の回復手段が無いため、領地に戻るまで苦しみが続く。

まあ……今回の件については、本人が自分で招いたことだ。早期決着を挑発を続けた結果、フェリス様を本気にさせた。そして、本気に対応しきれなかった。

幾ら戦闘に飢えていたとは言え、適当なところで切り上げるべきだった。

そうこうしているうちに、俺の横で薬瓶を開け続けていたビックス様が、ついに在庫を使い切る。

「これで最後だな。大丈夫そう、か？」

「ええ。……申し訳ございません、お手を煩わせてしまいました」

「構わん、良いものを見させてもらった。差支えなければ、フェリス殿は伯爵家の医者に診せようと思うが……ジィト殿はどうする？」

本来なら治療をした上で戻るべきではあるが、あまり長く領地を空けらない。何より、自己回復の術を持たないジィト様を回復させるには、医学に長けた奥方様の力が不可欠だ。

「ジィト様は領地で治療いたします。……それと、申し訳ございませんが、俺の力ではこの地を浄化出来ません」

どうにか細い道を作りはしたが、紫色に染まった土地はまだ疎らに広がっている。ビックス様はしゃがみ込んで状況を確認すると、顔を顰めた。

「こちらはフェリス殿の回復を待って、対応してもらうしかあるまい。しかし……魔術隊隊長の腕でも及ばぬ力量か。これで凡夫とは、彼にどれだけのものを望んだんだね？」

正気じゃない、とビックス様は吐き捨てる。咎めるような視線に、思わず目を逸らした。

俺が何を望んだ訳でもないが、全体的に環境が狂っていたことは否定出来ない。

ただ、何が切っ掛けでここまでこじれてしまったのか、それだけが今も解らずにいる。

「俺は、フェリス様に能力的な不足があったとは感じていません。ミルカ様やジィト様とは違った傑物だと思っています。……相応の地位に就くだけの、熱意は無かったようですがね」

それも言い訳に過ぎないだろう。フェリス様が貶められる理由にはならない。

「――フェリス様のことを、何卒宜しくお願いいたします」

俺はただ頭を下げ、フェリス様の今後を祈った。

◇

「ア――、ッ!?」

猛烈な首の痛みで目を覚ます。見覚えの無い天井に混乱し、何が起きたのか記憶を探る。

ジィト兄を水の中に引き込んだ辺りからが思い出せない。ということは、また負けたのだろう。

あの馬鹿は最後、本気で仕留めに来ていたな。俺が死なないとでも思っているのだろうか？　ミル姉といい、どれだけ鬱憤を抱え続けていたんだ。

まあ、これで暫くは落ち着いてくれるだろう。

溜息をつく。それだけで全身が痛みを発した。『健康』に魔力を回し、感覚を誤魔化す。

「あー、しんどい」

熱があるらしく、頭が呆けている。喉が掠れて、まともに声が出ていない。朦朧とする思考の中で、ふと依頼されていた魔核包丁のことを思い出した。厳密な納期は無いが、いつ手をつけられるか解ったものではない。

このままでは拙い。

魔力をより強め、特に痛んでいる部位へと意識を集中させる。まずは動ける程度に体を作らなければ。

「あら、目が覚めましたか？　……って、何してるんですか！」

顔を向けられないのでよく解らないが、気付けば、医者らしき人が部屋に入ってきていた。患者の状況を見に来てみれば、いきなり魔力を練っているので、慌てて止めに入ったのだろう。

状況を説明すべく、どうにか声を振り絞る。

「ああ、俺、回復系の異能なんです」

「それにしたって、貴方は絶対安静なんですよ！　素人が下手に処置をすると、かえって取り返しのつかないことになります！」

「なりません、俺の異能は、『健康』ですから」

世間では地味な評価を受けている『健康』だが、体を万全な状態に戻すという効果がある。『修復』なんかは肉体以外も治せる代わりに、骨が曲がってくっついたりすることもあると聞くが、『健康』は健やかではない状況を許容しない。

魔力消費が激しい以外は、極めて優秀な異能である。

『健康』のことを知っていたのか、女医は呆れたような顔で俺の額を小突いた。

「事情は解りましたが、だからといって無茶をして良いということにはなりません。そういうのは、もう少し体調を整えてからにしてください。消耗して死ぬ人もいるんですよ？」

言いつつ、彼女は俺の頭を持ち上げる。もう片方の手には、薄緑色の液体が入った器があった。薬湯だろうか？

喉を締め上げられた後なので、飲み下す自信が無い。だが、角度が巧いのか、液体は意外なほど楽に喉へと落ちていった。

「おお……」

傷付いた喉に潤いが戻るのが解る。風邪を引いた時のような不快感が薄らいで心地良い。『健康』によるごり押しばかりで、真っ当な治療を受けた経験があまり無いので新鮮だ。

水分の不足した体に、ゆっくりと薬が沁み渡る。

「シャロット、フェリス殿の様子はどうだ?」

しみじみ癒されていると、ビックス様の声が聞こえた。そうか、これは誰の采配かと思ったら、ビックス様か。

当たり前のことが抜けていた自分に呆れる。あの場で意識を失ったのだから、俺をここまで運び込んだのもビックス様の筈だ。お偉いさんに何をさせているのかと内心焦るが、体はどうにも動かない。

「ああ、そのままで構いません。全身の骨に罅が入っているようですから、まともに動けませんよ」

毒鎧は攻めを阻むだけでほぼ防御力が無いので、あちこち折れているだろうとは予想していた。罅で済んでいるなら御の字だ。

しかしこうして聞かされてみれば、『操身』は体を操りはすれど、あまり力は入らないのかもしれない。素手で岩を砕ける人間の攻撃を受けたにしては、驚くほど軽傷だ。ジィト兄が万全であれば、骨ごと潰されていただろう。

「ご対応、ありがとう、ございます。……どれくらい、寝てました？」

「まだ一日です。あれだけの状態から、よくここまで持ち直しましたね」

あれだけの状態と言われても、どうだったのか覚えていないので何とも返しようがない。

女医に目で問うと、

「運び込まれた時は、死んでてもおかしくないと思いましたけどね。首の骨も折れかかって、呼吸もたまに止まってましたし」

医者が俺を咎めるように見るが、ジィト兄の殺意が高過ぎるのが悪い。武術師の世界十位が、素人相手に張り切り過ぎたからだ。

「まあ、そう責めてやるな。今回の件に関しては、フェリス殿が悪い訳ではない」

「貴方がその場にいたんなら、悪いのは貴方じゃないの？　子供がこういう怪我をしないように目を光らせるのが、責任者の仕事だと思ってたんだけど」

それは確かに責任者の仕事だが、あの局面でのビックス様はあくまで立会人だ。止めようと思って止められるようなものではなかったし、単に俺達は、あの男の圧倒的な勢いに流されただけだ。

「いや……ビックス様を、責めるのは、お門違いですね。悪いのは、うちの兄です」

周囲のことを何も考えない、近年稀に見る大はしゃぎだった。あの狂乱に巻き込まれた挙句、実態を知らない人間に責められるのは気の毒が過ぎる。

どんな身分を持っていようが、どうしようもないことはあるのだ。

「私、この子がどういう人間か何も聞かされてないんだけど……この子のお兄さんって？」

「お隣の子爵領の長男だな」

頭を支えてくれていた手が強張る。何か奇妙なものを目にしたかのように、女医が俺の顔を見つめる。

「んん？　子爵領の長男って……国内でもかなり有名な武闘派じゃないっけ？　実の兄が弟をここまで痛めつけたってこと？　何それ、意味解んない」

戦うだけの理由はそれなりにあったのだが、ここまでやられる必要性については俺も解らない。

俺とビックス様は難しい表情で黙り込む。

「どう説明すべきなんだろうか」

「そういう、空気でしたし、そういう、人だからと、しか」

余人にどう思われようと、そういう場だったのだ。

言い訳を耳にして、女医は心底呆れたように、俺達を睨みつける。

「さてはアンタ等全員バカでしょ」

否定しかねる。反論する元気も無い。

溜息をついて、女医は俺の頭を枕へと戻した。

「取り敢えず、過ぎてしまったことはもうどうしようもないとして、暫くは絶対安静だからね。私が良いと判断するまで、外には出しません」

「そ、そうか。……フェリス殿、色々予定はあるかもしれませんが、ひとまず体を休めてください。滞在費用についてはこちらで持ちますし、何か要望があれば出来る限り対応しますので」

ありがたい話だが、随分と気前が良いな？　何に貢献出来るでもない小僧に対して、破格の待遇だ。負けっぷりがあまりに無様で、同情されているのだろうか。

「どう、して」

疑問に包まれていると、ビックス様は朗らかに笑った。

「理由は幾つかあります。まず第一に、フェリス殿の陰術の影響があの一帯に残ったままなので、なるべく早く浄化して欲しいのです」

ああ……気合を入れて術式を組んだ所為で、グラガス隊長もすぐに対処が出来なかったのだろう。確かにそれは、俺がどうにかする必要がある。あまり悪影響が残らないようにしなければ。

「次に、私がフェリス殿のお力になりたいから、ですな。最後どうなったか覚えていますか？」

「いい、え」

ぼろ雑巾に変身したらしい、ということしか理解出来ていない。

「身内相手で遊びがあったとはいえ、あのジィト・クロゥレン相手に引き分けですよ。私は貴方に、武を志す者達の希望を見た」

一瞬、言葉の意味が飲み込めなかった。

引き分け？　俺が？　ジィト兄相手に？　そんな馬鹿な。

「最後、針は腕に刺さりました。それで力が入らなくなったのでしょうね。ジィト殿は、フェリス殿を先に絞め落とすことが出来なかった。ジィト殿が毒で気絶するのと、フェリス殿が窒息で気絶するのはほぼ同時だったのですよ」

がむしゃらに動いた結果がそれか。単なる偶然とはいえ、恐ろしい。まるで実感が湧かない。

ああ、だがしかし。

「――嬉しい、もんですね。はは」

姉兄とやってみて解った。かつては勝てるかもしれないと考えたこともあるが、それは単なる自惚れだった。俺では彼らに到底至らないし、今回はたまたま運が味方しただけだ。単に敵として相対したら、俺はあっさり殺されてしまうだろう。

でも――そんな相手であっても、全く通用しないなんてことは、なかった。指先がかかったくらいであっても、俺は彼らに届いたのだ。

「は、はは、ッ、アァ」

笑いで全身が痛む。それでも止められない。どうしてもにやけてしまう。

女医は気味悪そうにこちらを見ていたが、やがて諦めたのか、肩を竦めて出て行った。

ビックス様は気を利かせてくれたらしく、

「ここに呼び鈴を置いておきますので、何かあったら鳴らしてください。右手は動く筈です。では、ごゆっくりお休みください」

と言い置いて、女医の後を追った。

「くく、ゥッ、あ、ははは」

ああ、我ながら快挙だ。信じられない。こんなことがあり得るのか。

寝ている間に、感覚を忘れてしまいそうなことが残念だ。

駄目だ、胸が躍る。

久しく無かった類の喜びに、自分を抑えきれない。俺は一人残された部屋で、痛みに涙を滲ませながら、暫くにやついていた。

あとがき

はじめまして、島田　征一と申します。

むかーーしちょっとモノを書いていたし、久々にやってみようかなあ。そんな安易な発想でひっそりと書き始めたものが書籍化に至るなど、世の中何が起こるか解らないものです。お話をいただいた時、そんなことが本当にあるのか？　と暫く世の中を疑っていました。

折角の機会ですので、初めて書籍化作業を行った雑感を述べてみたいと思います。

本作は先述のとおり単なる思い付きで始めたものなので、設定らしい設定がほぼありませんでした。あるのはキャラの名前や役職、強さといったものが列挙された一覧だけで、プロットらしいものはありません。その場のノリで書いているため、私自身、今書いているものがどう着地するか解らずに進めています。

これはかなり穴があるやり方をしているのですが、設定に時間をかけるより何となくでも話を進めた方が良い、という判断でそうしていました。私の目的は「久々にモノを書く」「なるべく続ける」であって、書籍化を狙っていた訳でも、ランキングに載ることでもなかったためです。

ところが、書籍化となるとあまり適当でもいられません。そこには私以外の関係者がおり、作業に必要な情報を求められます。情報に乏しいキャラクターの一覧と、Ｗｅｂにある本文だけで書籍化は出来ません。
○○はどんな顔のイメージですか？　○○はどんな服装ですか？
そんな質問が来るたび「あ、その辺は全然決めてないんで……なんかこう巧く……」という訳にもいかず、その都度唸りながら急に設定を決める、というやり方を繰り返すことになりました。

己の敵は己とはよく言ったものです。結局、一番苦労したのは説明用の資料・設定の作成でした。恐らく他の方々は、こういった所ではあまり躓かないのではないでしょうか。

……ということで、制作に関するお話でした。

我ながらどうしようもない横着者だとは思いますが、今後ともお付き合いいただければ幸甚の至りに存じます。

ご覧いただき、ありがとうございました。

がる
コミックス 第二部
本のためなら
巫女になる！Ⅷ
漫画：鈴華
好評
発売中！
新刊、続々発売決定！
コミックス 第四部
貴族院の図書館を
救いたい！ Ⅵ
漫画：勝木光
5/15
発売予定！
好評
発売中！
コミックス 第三部
領地に本を広げよう！ Ⅵ
漫画：波野涼

クロゥレン家の次男坊

2023年4月1日　第1刷発行

著　者　島田征一

発行者　本田武市

発行所　TOブックス
〒150-0002
東京都渋谷区渋谷三丁目1番1号　PMO渋谷Ⅱ　11階
TEL 0120-933-772（営業フリーダイヤル）
FAX 050-3156-0508

印刷・製本　中央精版印刷株式会社

ISBN978-4-86699-813-8

Printed in Japan